U0659877

心灵瑜伽

Nutritious

books

张锁军／著

书香致远

中国书籍出版社
China Book Press

图书在版编目（CIP）数据

书香致远 / 张锁军著 . — 北京：中国书籍出版社，2015.5
ISBN 978-7-5068-4911-1

Ⅰ.①书… Ⅱ.①张… Ⅲ.①散文集－中国－当代
Ⅳ.① I267

中国版本图书馆 CIP 数据核字（2015）第 108850 号

书香致远

张锁军　著

图书策划	武　斌　崔付建
责任编辑	张　娟　成晓春
责任印制	孙马飞　马　芝
出版发行	中国书籍出版社
地　　址	北京市丰台区三路居路 97 号（邮编：100073）
电　　话	（010）52257143（总编室）（010）52257140（发行部）
电子邮箱	eo@chinabp.com.cn
经　　销	全国新华书店
印　　刷	三河市华东印刷有限公司
开　　本	880 毫米 × 1230 毫米　1/32
字　　数	220 千字
印　　张	9
版　　次	2015 年 6 月第 1 版　　2021 年 1 月第 4 次印刷
书　　号	ISBN 978-7-5068-4911-1
定　　价	45.00 元

目 录

第一辑　童年：那最美妙的声音

书香作伴的幸福童年 ………………………………… 003

记忆中的童年滋味 …………………………………… 007

童年，那最美妙的声音 ……………………………… 010

鬼火闪眼与午夜敲窗 ………………………………… 013

老师，请关注那双举起的手 ………………………… 017

"早"说 ……………………………………………… 020

故乡的春 ……………………………………………… 022

墙的故事 ……………………………………………… 025

我爱家乡的那条小河 ………………………………… 028

我家的织布机 ………………………………………… 031

寒星下的迷藏 …………………………………………… 034

他，特立而不独行 ……………………………………… 037

夜幕·炊烟·村落·旷野 ……………………………… 039

蛋糕飘香 ………………………………………………… 042

第二辑　读书：书趣室的畅想

春上小阳台 ……………………………………………… 047

书趣室畅想 ……………………………………………… 050

人生悲喜皆匆匆 ………………………………………… 053

陌上花开缓缓归 ………………………………………… 056

"转"字之遐想 …………………………………………… 058

蛙叫蝉鸣夜更幽 ………………………………………… 061

掬一捧阳光给家乡 ……………………………………… 063

土拨鼠故事里的教育启迪 ……………………………… 066

我眼里的莫言 …………………………………………… 068

月映昙花开 ……………………………………………… 072

闪亮在成长中的错误 …………………………………… 075

孤独读写说 ……………………………………………… 078

留在后面的过往 ………………………………………… 081

我为地球来体检 ………………………………… 083

永远的胜利者 …………………………………… 086

第三辑　思考：心空如诗

心容乃大 ………………………………………… 091

心空如诗 ………………………………………… 093

有感于人生八苦 ………………………………… 095

孟子的快乐观 …………………………………… 099

今天我快乐吗 …………………………………… 101

拥有的与失去的 ………………………………… 104

忘我与成功 ……………………………………… 107

夕阳如曦 ………………………………………… 110

有钱无病快乐观 ………………………………… 112

"给予"启示录 …………………………………… 115

我爱秋之黄 ……………………………………… 118

苦是一杯清咖 …………………………………… 122

个性与态度说 …………………………………… 125

"光阴"里的思考 ………………………………… 127

美丽的拥有 ……………………………………… 130

🌿 第四辑　真情：如家之感

如家之感 ···································· 135

母亲那糊涂的爱 ······················· 139

去往绵阳，前方遭遇塌方 ············ 142

心中那一方红 ··························· 147

小白的忠诚 ······························ 150

老梁家的树和孙子 ···················· 154

倔强的"山核桃" ······················ 157

草原野性精灵 ··························· 160

陪　伴 ··································· 164

老屋，俺给你留个影 ·················· 166

偶遇哈尼族小姑娘 ···················· 170

枣先生的名片 ··························· 173

这真不算个事 ··························· 177

🌿 第五辑　智慧：50万能干什么

当代的普罗米修斯 ···················· 181

小鸟的智慧 ······························ 183

创新奇才乔布斯 ……………………………… 185

50 万能干什么 ………………………………… 187

父亲精神 ……………………………………… 189

聪明的蜘蛛 …………………………………… 193

向母亲学修辞 ………………………………… 197

你告诉自己，必须有一门专长 ……………… 200

只为那闪闪的地道灯 ………………………… 203

咒语佛心 ……………………………………… 206

智者苏东坡 …………………………………… 208

擦亮自己的名字 ……………………………… 211

自己挑选的食品最合口 ……………………… 213

执着的班长梦 ………………………………… 216

第六辑　游记：沙海绿洲行

身披晚霞逛苏堤 ……………………………… 223

水韵九寨 ……………………………………… 226

郊野桃源诗兴浓 ……………………………… 230

沙海绿洲行 …………………………………… 233

沈从文家的凤凰城 …………………………… 238

吹雾拨云摄影忙 ……………………………… 242

潮涌贝壳堤 ……………………………………… 245

神游响沙湾 ……………………………………… 248

初遇庐山不见山 ………………………………… 251

美丽的鄂尔多斯草原 …………………………… 254

生态园浅秋 ……………………………………… 257

无梁殿前凉粉儿凉 ……………………………… 261

美哉！华山 ……………………………………… 266

惊诧周庄游 ……………………………………… 270

东风着意小桃枝 ………………………………… 275

童年：那最美妙的声音

童年懵懂而又好奇，在伺机玩耍中成长，在反复思考中成人。美国歌手迈克尔·杰克逊在《童年》中深情地唱道："你见过我的童年吗？我在寻找我来自的世界。"听着这歌曲，童年那最美妙的声音又回响在耳畔……

书香作伴的幸福童年

很早就有个美丽的梦想——有一间属于自己的宽大书房，里面有精美的书柜儿，书柜里有一排排新书在飘香；有一个宽大的书桌，书桌上笔墨纸砚排成行；有一台电脑，电脑中的CPU正与多姿多彩的世界联网……

这美丽的梦境变为现实的当天晚上，我兴奋地为属于自己的书房题名为"书趣室"，又研墨提笔写下了"可一日无食，不可一日无书"的条幅，分别贴于门和墙上。整理完那一摞一摞的书，已是午夜，那晚，我干脆就睡在了书房，书香作伴，我睡得甜香甜香。

很早就爱书如命，且嗜读成痴。

小时候，家贫。在农村，过年能给孩子五元钱去买书的父母，就算是最伟大的父母了。我的父母从来就很伟大。但，怎么花这五元钱就成了我最费神的事情，总想用这有限的钱买最多的书。

年末集日，揣着暖暖的五元钱买书去，是最开心的事情。但这对于生来体弱的我来说，也是最不容易的事。书摊儿在集市的东面，我家却住在西面。小小的人儿必须钻过高高的人流，机警地躲过那些讨厌的大脚；必须不停地咽着口水，走过酸甜诱人的冰糖葫芦摊儿；必须掩着耳朵走过劈劈啪啪的鞭炮摊儿。等历尽千难万险走到书市旁边，已近晌午，于是饥肠辘辘地，捂着鼻子，眯着眼睛绕过缸炉烧饼摊子，径直走进书市。

这里，生意萧条，半晌不见一个人来。寒风吹打着花花绿绿的书页，吹白了卖书老人的胡子，他们在风中瑟缩着。我的到来，无疑是点燃了他们的希望，一个个扯着嗓子兴奋地向我打招呼。这样，我每次就像揣着巨款的大老板似的，昂首走向挂着小红旗儿的摊子，旗子上特意画着一个满脸黄毛的孙大圣，表明这是卖小人书的。守摊子的是一个比孙悟空还猴相的老人，瘦骨嶙峋的，高高地打着绑腿，像从前线回来的逃兵。但，那时候，我景仰这个老人的专业。因为，你无论拿起哪一本书，他都能做到"夸夸其谈"，看看你的脸色，然后，滔滔不绝地给你介绍书中精彩的故事片段。没有定力的人，一般禁不住他这一套"劝诱"，有多少钱，你得全花在他这个摊子上，我就是这样的人。但是，我还是有心眼儿的，不唯心他的讲述，总是选择自己喜欢的小人书买。好在他心眼儿也好，能让我先看后买，看半晌儿是不带烦的。最重要的是，稍旧一些的书还能打折儿，五角的有时能卖到二角。我一般是选择书页儿旧了的一些书买。书页虽旧了，内容我没有见过，依然认为它是新的，我就乐意花少量的钱去买。往往是先故意夸大地说他的书旧了，卖书的老头儿就能把折扣降到最低，买五元的小人书，还可央求他搭上一本或者两本，每次可爱的买书老人都能让我如愿。到现在我还能记得他的模样，记得我选好一摞子书，付完钱后，他的眼就眯成了一条细缝，"嘻嘻哈哈"地对我笑笑，然后，再转头对同行们笑笑。

见我莫名其妙地看着他时，他突然想起了自己的任务，一边说"耽误你了，耽误你了！"一边手脚利索地用纸绳儿帮我把书打成捆儿，再像捆香麻花儿一样挽个结。然后，"噌！"一声嘴说："提好了！回家去看了！"

我急忙提了新书，像得胜的战士一般，雄赳赳气昂昂地走在熙熙攘攘的大街上。走过一堆无所事事的，眼巴巴地看着我手中的书的街坊邻居家的孩子们，口气坚决地拒绝他们的索求，自己先拿回家看。回家后，满是尘土的衣服顾不得脱，热腾腾的饭顾不上吃，就那么四脚八叉地爬在炕上，一口气看上几本。像着了魔似的，无论谁叫都不应声。每当这时，父亲就对母亲说："咱儿子又变成书虫儿了。"母亲于是偏向着我说："孩子不过就是看个书吧，你还咒孩子！"可是，要是真真不吃中午饭，就不能得到母亲的迁就了，每次都是等母亲发了脾气，我才恋恋不舍地跑进堂屋，胡乱地扒拉两口没有什么滋味儿的饭，趁父母忙去的时候接着再看。

也曾因为爬在沙滩上，看连续本儿小人书《奇袭白虎团》入迷，而忘记了唤羊归家，以至于丢失了刚刚出生不到一个月的小绵羊；也曾因为烧火煮山药时，看长篇小说《林海雪原》忘记了在炉膛里续柴火，而烧穿了娘新纳的千层底儿鞋，还险些酿成火灾；也曾因为急着看借来的书而忘记了巡查浇地淋沟的任务，以至于让水一个上午流向了别人家的麦地，等等，一切都是缘起于儿时的我爱书如命吧。

儿时，自己想办法挣钱买书的路子很多，可以早早起来寻蝉蜕，100 枚蝉蜕可以卖 1 分钱，一个夏天我能卖 30 元钱；可以去野地打线草，晒干了卖钱，百斤干草可以卖 5 元钱；还可以去坟地找草药卖钱，一烟盒儿车前子能卖五毛钱，一市斤蒲公英干品能卖 6 元钱。挣钱买书成了我儿时的好习惯，父母也鼓励我挣钱买书，家里再没有钱也不会将我辛苦挣来的买书钱收走。

　　无论挣钱多么不容易，一旦钱来了，每到书店总是将钱花光才罢。上世纪七十年代，是我的中学时代，最乐意干的事儿是骑车去小县城买书，坚持着骑三个小时就能到达。那时，小县城里只有一个门可罗雀的国营书店。有一次去那里逛，偶然发现一套绣像版《三国志》。三本坏一样的书，才3.21元，售货员说是库压品，就这一套。我马上掏钱买，可是搜遍身上所有的袋儿兜儿还差1分钱，当时，很后悔自己馋嘴，路上买了两分钱的糖块儿。我清楚地知道国营书店是不能还价儿的。天将黑，路又远，回家取钱不可能。况且，我偶然发现，旁边有一小哥，也在觊觎着这套书。心存一丝希望，再搜兜儿时，我的手触到了一块儿水果糖，当我羞赧地捧出来时，售货员大姐也许被我的执着所打动，说："算了！我给你掏上吧。"捧着这套书，我居然泪眼婆娑。

　　有书做伴儿的童年是美丽的童年，是有滋有味儿的童年。在刚刚恢复高考的日子里，我一个人坐在沙河堤岸上，脚下是潺潺的流水，头上是蓝天白云。我一边光脚戏水，一边琅琅读书，风儿助我翻动书页，鸟儿帮我唤醒梦想。后来，我终于成了村里的第一名大学生。

　　十八虚岁，我就在农村一所中学任教，我的学生和我一般儿大的很多。晚上，附近的老师回家了，偌大的校园就剩下我一个人，有了一本本书可读，我独拥青灯不觉困，偶遇雷闪无所畏。

　　与书中人对话，我丰富了生活，与作者对话，我读懂了人生。

　　如今，一栋楼的高处有我的小家，三室一厅里专设了一"书趣室"。每天与书为伴儿，我更是不惑不懔，心淡神怡。有时，推开气密窗，让风儿自由灌注，听书页哗哗作响；有时，俯瞰远方，车水马龙，看人间众生相；有时，仰望星空，"敢高声语"，"敢惊天上人"！让狂放的心儿任翱翔。

　　星儿倦了，月儿睡了，书儿伴我到天亮！

记忆中的童年滋味

美国歌手迈克尔·杰克逊在《童年》中深情地唱道："你见过我的童年吗？我在寻找我来自的世界。"

听着，听着，童年的趣事像美丽幻灯片似的哗哗闪过。

春天里，阳光晒暖了屋后河岸上的黄沙。星期六，几个小伙伴相约来到岸边，脱掉裤子，坐在沙滩上，烫得嘻哈着，又懒懒地躺下，一股暖流立刻流到了心田，弥散开来。生命也似盛满了火力，每年春天孩子们都喜欢这样，所以我们几个小伙伴都健壮如牛，现在想来也许是沾了暖沙的光。

晒得周身暖融融的了，于是寻找沙虫儿，也叫缩地虫。平坦的沙滩上出现了一个个漏斗状的小坑坑，我们知道在小漏斗的尖顶处一定有一个小虫子在，于是双手一抄，就将小虫子抄出来。小虫子屁股尖尖的蠕动着，很好玩儿。做这个事，能做一上午而乐此不疲。

然而在那经常青黄不接的日子里，春夏秋冬孩子们研究最多的还是如何找吃的。

春天找甜食，最好的去处是抽蒹筋儿，蒹筋儿也就是蒹草的须蕊尖尖苞。寻一片向阳的沙坡地，那里的蒹草已经长得如箭如簇了，尖尖的蒹筋儿直竖着，轻轻抽出来放进嘴里，可以甜甜地咀嚼，那时候没有多少钱买糖果，长满蒹草的沙地，便是孩子们一年之中最早寻找"甜"的地方了。

吃一会儿，同学几个没有忘记互相监督着背诵老师留的课文，一会儿就能背过。背过后，几个人就去浅浅的河滩捕捉小鲫鱼，人多力量大，大概半小时就能捉到几十条，运气好了还能捕到大虾。用柳条串成一串儿，用火烤了，撒上从家带来的盐末儿，吃得满口留香。

夏天里更是有诸多的趣味，最好的是寻蝉蛹，我们那里叫老猴，或叫老牛儿。

一场雨过后，掌灯时分，作业完成了，约上几个小朋友，拿上家里仅有的电器手电筒，带上一个编织袋子，急忙奔向了村外的小树林。

那个时候没有农药，蝉蛹产量是很大的，有时候，你只要用手电往树上一照，就能看到树干上密密麻麻的蠕动，蝉蛹们埋头向上，寻找可以栖息并蝉脱的树枝。只用枝条一划拉，就噼噼啪啪地掉下来，男孩子在树上划拉，女孩子在树下拾进编织袋子。孩子们大多知道什么地方蝉蛹多，一般是地头路边大树下的小沟沟里，晚一些，那里面的蝉蛹排队似的爬动，你只管双手往袋里装就是了。

寻得累了就均分了蝉蛹，相约回家。回到家里，在大人的帮助下，将蝉蛹倒在一个大盆里顺时针搅动，洗干净了，用盐水腌渍起来，第二天早晨，娘就早早起来，上锅油炸，一个个蝉蛹就在油锅里胀大起来，不一会儿香味就能将沉睡中的你叫醒，浓浓的香味儿弥漫在空气里，香透了小小村庄。将炸得外焦里嫩的蝉蛹，香喷喷的弄满一大盆，抄起一个大玉米饼子，咬一口饼子，吃一个蝉蛹，吃得满嘴流油。有滋有味儿地吃得饱饱的上学去。

秋天里能吃的很多，我们小孩子还是喜欢寻找荤的吃。去衰草丛里寻找已经有籽儿的蝗虫或者大蚂蚱，或者大肚子螳螂等，它们的肚子里已经有了满满的卵，懒懒的躲在草丛里不肯动，这就成了我们小孩子易捉的猎物。也就能很快成为我们最好的解馋的美食。点一把火，等成了火炭，再将这些大肚子放进火炭里，不一会儿就能吃上黄澄澄、香喷喷的卵子了，味道比炒鸡蛋黄还鲜美。

冬天里的美味，就是烤麻雀了。像鲁迅的《从百草园到三味书屋》中所写的一样捕捉麻雀：扫开一块雪，撒上秕谷，支起竹筛，系上绳，等那呆鸟儿去筛子下觅食，只将绳子轻轻一拉，便罩住了。或者待晚上，搬来小梯子，登高在门洞房顶椽子缝隙里窥望，看到小眼睛一眨一眨的时候，用手电照住，在椽子缝隙的两头双手堵捉。捉几只后，就可以用泥裹了，烤熟了吃。大人一般喜欢剖开洗净，油炸着吃。那时候，人们将麻雀叫四害之一，所以，大人们还是鼓励孩子捕捉的。

想来，我的童年趣味真多，而且那些有趣的事，大多和吃有关。在那个物质匮乏的年代能活得有滋有味，健健康康，想来也得益于我们自己寻找和制作的美味了。

童年，那最美妙的声音

年纪大的人爱怀旧，总爱回忆儿时的那情那事。有时候，藏于内心深处的故事，说不清什么时候，就犹如那静潭之水，稍经触动，便陡升涟漪，荡漾心头。那些曾伴随着我成长的声音，虽渐行渐远，但时常在脑际萦回。

"香烟洋火桂花糖！"一个推着独轮车的老人一步一颤地缓缓而来，停下车子就摇着拨浪鼓吆喝出这个声音。

这声音在我们小孩子听来，简直就是天底下最美的乐章。因为每每这时，大人就会给你一两角钱，让你去买针、线等生活必需品。我清楚地记得，卖货老人的小车子上有很多的格子间，每一个格子间的货物都不同。有针线间、洋火间、学习用品间，最引人注目的还是糖果间，花花绿绿的糖果，光是包装就很吸引人。等讨价还价地买完必需品后，省下一两分钱，就可以买一小块儿糖果了。

那时，我总感觉卖货老人手中的拨浪鼓是乡间最优秀的器乐，几天听不到，心头就痒。"扑通扑通"的轻快的拨浪鼓声，把沉寂的乡村摇动得热闹异常。

"戗剪子来磨菜刀！"记忆里，磨刀人总是挑着一副担子或骑一辆破旧的自行车穿梭在大街小巷。来到村子，先是绕着大街吆喝一通，然后只管寻一处开阔地带，摆好摊子，拿好架势等生意来，这种活儿年底的时候生意奇好。

记得我家的菜刀在我削"风老婆（木陀螺）"时，被弄了个大大的豁口。我就盼着磨菜刀的师傅马上来。有一天傍晚，街上突然传来"戗剪子来磨菜刀"的声音，我立刻抱上一个北瓜当成费用，来到街上。磨刀师傅接了北瓜看了看，觉得不小，于是笑着工作起来。我看到他将菜刀固定在木凳子上，开始用一个大大的刀刮起我家的菜刀来，只看到火光四射、铁屑飞扬。不一会儿菜刀上的豁口就不见了。又磨了磨，一把锃亮的菜刀就成了。

"爆米花儿唻，爆米花儿唻！"听到这吆喝声后不久就听到"嗵"的一声闷响，随之传来的是那股熟悉且诱人的香味。

小时候，吃爆米花的愿望一般能实现。因为我们华北平原最不缺的就是玉米。问大人要一分钱，弄上一碗玉米，不一会儿就能吃上香喷喷的爆米花。爆米花师傅每次来，几乎都忙碌到掌灯时分。小孩子们吃够了自家的还不想走，等待着那"嗵"的一声过后，去抢别人家制作爆米花时散落出来的星星点点。

如今，偶尔还能听到那一声震天的声音，但幼时急切期盼爆米花出炉的神情在当今孩子们脸上很少看到了。

"梆，梆梆；豆——腐"，这是卖豆腐的敲梆子的声音。豆腐梆子取材于硬木，在整段的木块上面开一长长的约指宽的豁口，从此处把内部掏成筒状，里外细细打磨浑圆，装上手柄，再配上一根硬敲棒，一副梆子便做好了。

　　记忆里，清脆悠远的梆了声响起来的时候，母亲就端了碗黄豆，走出家门，循着那美妙的声音而去。不一会儿，一碗雪白的透着温热和清香的豆腐就端回来了，母亲那时总问，你吃一块儿吗？我点点头。于是，母亲用刀子片下一块雪白的豆腐交给我，浇上少许卤汁，美味无比。

　　多年后，刺耳的高音喇叭声代替了质朴、动听的吆喝声。喇叭里所传出的高分贝的叫卖声往往让小区居民心生怨念，没有了购买的欲望。

　　要是这样下去，还有多少传统的东西保能留原汁原味呢？

鬼火闪眼与午夜敲窗

小时候是很怕鬼的。

问大人是否有鬼，大人的解释也是含糊不清，也不知道是有还是没有。见过的人说得神乎其神，没有见过的人提到鬼，一脸的诡异迷茫。

反正，大人都说鬼一般就是在晚上 12 点后才出来的，所以，有小孩子的人家一定要在 12 点前关闭门窗，不然会对孩子稚嫩的魂魄不利。谁家都知道，大人如果晚 12 点前没有进家来，就不要回来了，免得把鬼一起带回。

所以，小时候，晚上，我是不敢出门的。

但是，随着慢慢长大，男孩子偶尔在午夜里不归家的事常有发生，也没有遇到过鬼。这样，我就相信有人说了鬼话。鬼也许是不存在的，胆子也就大了起来。

后来，还真有了一次遇"鬼"的经历。

土地联产承包责任制实行之初，我家分了 10 亩责任田。责任田的庄稼要是长得好了，到了收获季节就有人惦记了，所以要看护庄稼。西瓜在夏天里慢慢成熟，溜圆的瓜皮上带着白色的绒毛，透着爽和甜，这是最惹人馋的。晚上要是不看着，也许一晚就全给你落了秧。于是，几家联合在一起，七手八脚地在责任田地头盖了一间看护西瓜的简陋小屋。在小屋轮流值守就成了夏天里的常事。我父母身体不好，看瓜的任务自然轮到了我，可我那时还不满 16 岁。在"男子汉不怕苦和累"的口号感召下，我毅然搬着被褥去村东五里地的小屋看瓜。起初还是两个人，后来和我一起值夜的那个人闹肚子拉稀不能来了，晚上就剩下我一个。

夏夜，50 亩大的瓜地，空旷得很。前半夜是朗月高照，滚瓜溜圆的西瓜一个个像小孩子的光头，微风中，在茂盛的瓜秧里时隐时现地和你捉着迷藏。后半夜是阴云遮月，一切都模糊起来。远处，百家姓老坟头也在雾气里此起彼伏，像一群野鬼在躬身逡巡。看一眼坟头，再看一眼瓜地，这时那些溜圆的瓜就像一个个骷髅，在升腾着雾气的瓜地里可怕地滚动。

午夜了，农村的旷野里充斥着不知名小虫子的浅叫，不时还远远传来青蛙"呱——呱——"的几声鼓噪。

我躲进仅有一扇玻璃窗的简易小屋里，透过这扇固定窗，向外张望了几眼，急忙插好了门闩，坐回地铺上。发誓有多少人来偷瓜就是不出去，你爱怎么偷就怎么偷。

但是出于责任感，我还是过几分钟就哆哆嗦嗦地往外看几眼，边看边琢磨：要是真的有人偷瓜，我该怎么办？

到午夜了，天变得更黑了，往外瞥了一眼，顿时，全身起了鸡皮疙瘩。

远处，一团雾气滚过，随后是一个个闪着蓝光的小眼睛，在距离地面五十厘米处悬空晃动，时隐时现，有的亮、有的暗，而且那蓝光时而拉长开来，大有游走过来的趋势。我瞪大眼睛仔细地瞧也没有看清楚到底是什么，觉得这闪闪跳动的光亮是从坟地方向飘移过来的，而且越来越近……

我相信这是遇到鬼火了，头发瞬间直竖起来。

记得大人讲鬼故事的时候说过：鬼是怕光的，相信这鬼火也怕光，于是，我马上点亮了屋子里的马灯，挂到了玻璃窗上。然后，用白色被单将自己裹盖起来，严严实实地裹起来，一动不动，装作小屋子里没有人一样。

哆哆嗦嗦着过了大概有半小时，突然听到有人敲窗的声音，起初是间断性的，过一会儿又"啪"的一声。后来，也许见我不开门就"啪啪"地连续拍打窗户玻璃，那声音，又像一个人的五个手指轮番秩序地敲打，而且敲打得越来越生气。我觉得，当时身上的鸡皮疙瘩一定连成片了，身上像感冒了似的一阵阵发冷，头胀到了无穷大……

就这样，哆嗦着熬了一宿，外面麻雀"唧唧喳喳"叫了起来。掀开被子，睁开双眼，首先看那门那窗，感觉没有什么异样，什么事也没有发生。我寻思，这鬼没有什么能力，他敲得那么有力，就进不了这小屋，他不会击碎窗玻璃跳进来吗？他也有更好的办法呀，化作一缕清风从门缝里钻入啊！想来，一定是个没有一点儿神气儿的笨鬼。

早晨，浴着灿烂的阳光，去小屋窗下看了，没有发现厉鬼的大脚印，倒是有许多硬壳飞虫的尸体，我断定是愤怒的鬼把它们捏死的。

回家把晚上的事讲给父亲听，父亲是个医生，算是唯物主义者，他懂得很多科学知识。他说："这世上没有鬼，你一定是遇到萤火虫和午夜敲窗虫了。当时，你就该披上衣服，去外面看看，知道是什么，就不怕了。"我说："我哪敢啊，吓都快吓死了。"

父亲说："那，我今晚和你一起去，咱们看看到底是什么。"

晚上，还是同样的现象，父亲带我去坟地里发现了闪蓝光的萤火虫，悄悄观察，发现这是一种头狭小，眼半圆球，腹部有8节，末端下方有发光器的小虫子，在坟地蒿草和潮湿的地方唾手可得。捉了几只，放进一个小瓶子里，它却没有光可闪了，很怪，父亲也解释不清楚光散失的原因。

再后来上了大学，从文学资料上得知，萤火虫还代表着美好，有"腾空类星陨，拂树若生花"的描写；从生物学资料上查到，萤火虫的发光，其实是一场雌雄对话，相互之间通过不断闪光交流，直至相会、结合、产卵。随后，它们也就走到了生命的尽头。因此，它们还被称为爱情之虫，根本就和厉鬼无丝毫联系。

敲窗虫其实是一种黑红色的甲壳虫，这种虫子在午夜趋光性更强。晚上，只要你亮起灯，它就一头撞在你家的窗玻璃上，一个接一个，像是有人敲窗。有的就撞死了，这就是早晨窗下发现虫子尸体的原因。

父亲的捉虫，让我明白了一个道理，世界上并没有鬼，只有鬼话，那就是不经过实践检验是否正确就传播的话，很能蛊惑人心。

以后，晚上，要是对什么动静不放心的，我就过去亲自看一看，一般均能证实是怎么造成的。这样，自然也就有了一个酣睡梦香的夜晚。

老师，请关注那双举起的手

青年教师中学语文优质课大奖赛在瓜果飘香的秋季如期举行。

1号选手出场了，这是一个身穿红色羊绒衫的"80后"女教师，她如火凤凰一般从观众席"飞"出来，回头莞尔一笑，站定在讲台上。

她授课的内容是《谈骨气》。一开始，她精当的导语，让听课的教师及评委们不由自主地为之喝彩。她制作精良的课件里有慷慨演讲的鲁迅、闻一多，有傲立船头迎风御敌的邓世昌、丁汝昌。我想，这无疑是很恰当的开场。识字教学环节开始，她独创的教学软件"识字对照自学卡"效果明显，学生能在对与错的相对练习中，水到渠成地跟着教师完成字词教学。解读课文时，她还注重让学生带着问题去读、去思考、去发现新问题并解决问题。这与满堂灌的教学方式相比，无疑是标新立异的！

然而，随着课堂教学的深入，我发现，她课堂上的提问，只把目光定格在右前排。似乎那里，才是她教学的关注区，才是她教学互动过程里的闪光点。

问题提出来了，一个处在左前方的、红袖口褪到肘关节的女生，率先举起了手——缓缓地、试探性地举起，老师没有叫她回答问题；第二个问题提出来了，这个学生又高高地把手举了起来，老师却叫了距离她不远的一个学生；再一个问题提出来了，我们发现学生举手的同时，拇指与食指间还夹着一个闪闪发光的不锈钢签字笔。一次次举手，一次次落下，快到下课了，学生白皙的手腕上居然多了一个五颜六色的手镯，这个精致的手镯随着教师的提问还是在一如既往地举起、落下，再举起再落下……

1号选手能说一口流利的普通话，课堂上她抑扬顿挫的设疑问难，学生也精彩绝伦地回答问题，乍一看学生配合得很好，仔细统计其提问覆盖率，就不难发现，她的关注点只停留在少数人身上。我想，那些高高举起的小手中，被点中的一定有班长、一定有学习委员和语文课代表，或者，她也许是事先做了发言安排的，她太关注课堂反馈与课堂效果的正向率了。

听课的其他评委小声议论起来，也许评委们都想找到老师拓宽注意点的一幕，但遗憾的是，他们并没有找到，我也希望那双刻意装饰了的手被授课教师发现，可我的愿望终究落空。距离下课还有十分钟的时候，再找寻那双手时，却找不到了，我发现那位曾频频举手的女孩儿，竟然趴在了桌子上，把头深埋进臂弯里……

我不再关注讲课者的娓娓道来，也不再关注她上课时学生回答问题的正确率。我在她的授课罅隙里找寻我关注的那个小手，然而，临下课，我也没有找到……我不再记笔记了，我分明在揣测那个学生的心路历程，显然，她戴在手腕上的饰品不是用来臭美的，只不过是想引发教师的关注罢了。

下课后，我假装走前门，特意绕到她的面前，这时，我才发现这是个很可爱的女孩，眉黛清晰，眼眸闪亮，上着红色小条绒褂儿，下穿绿色灯笼裤，俨然一株吐蕾的小花儿。

看我关注她，她才慢慢地把头抬高了些，我发现她那双原本会说话的眼睛神色渐黯，羞涩的粉脸儿上写满了失意和忧伤。

目光与目光相对时，我看到她眼睛里溢出些许泪水，我赶紧向教室外走去……

事情过去很多天了，我脑海里还翻动着小女孩举手的那一幕。

"早"说

"早"的本意是早晨，《诗·召南·小星》中解释成"晨初为早"。按照"早"最初的造字原意，即天将破晓，太阳冲破黑暗而裂开涌出之意。就这点看来，"早"是有昂扬向上的积极意义的。

小时候，对"早"很敏感。父亲有清晨即起洒扫庭除的习惯，扫完院落，他也不让我们睡懒觉。他早早地走到床边，抚摸着孩子们的头发，念叨：黑发不知勤学早，白首方悔读书迟。

在自学而成名医的父亲的谆谆教导下，早起读书逐渐成了我的习惯，有时候即使父亲不叫，自己也是早点儿起床，坐上房沿，大声读书。由此，从小学到中学学习成绩还是每每第一的。父亲说：你记住，是沾了"早"字的光。我默默点点头。

随着书读得越来越多，一些名人的做法也印证了"早"之好。六岁李白，恐惊天人；六岁陆绩，怀橘遗亲；九岁黄香，扇枕温衾。这些儿童读物上的典故，让我感悟出早慧早悟是后天成就之基石，早做努力才能成就未来。

成长中，"早"伴我行。学着大人们的口气，早晨背着书包上学去，见人问一声"早上好！"，人家也就友好地回一声：早上好！简单的沟通，增强了小孩子的自信，也拉近了大人和孩子间的距离，还赢得了"小大人"的称号。

涉猎文学作品时，我从韩愈《原毁》中的"早夜以思"学会了要经常思索；从白居易的《钱塘湖春行》"早莺争暖树"中学会了推敲。

想来，早和勤奋还是相关甚多的。王羲之早年的"墨池勤练"成就了一代书圣。河北定州的祖逖"闻鸡起舞"练就了报效国家的本领。鲁迅刻字为铭，在自己的桌子上刻下了一个大大的"早"字以励志勤学，由此成了民族刚正不阿的脊梁。勤奋出成果、勤奋出人才成为不可争的史实。

我这个人不是天资聪慧者，但是我总是坚信"笨鸟先飞早入林"，凡事早做打算，早做努力，总能成就大事。

所以，"早"在我们的学习和生活中，凸显的是一种精神，是一种智慧，是做事雷厉风行不懒散拖拉的态度，具备了"早"的精神和智慧，什么事也会做得井井有条，做得头头是道，做得完美无缺和悠然自得。

故乡的春

我是喜欢春的。

每年，每当立春过后我盼春的心情就急切起来。其实，在我的记忆里，春节的喜庆远没有儿时早春的嬉戏开心得多。春寒料峭、杨柳发芽的日子，孩子们就吆三喝四地来到沙河岸边柳堤，脱掉棉衣，拧一把鼻涕，攀上柳树，折一截柳枝，不一会儿就吹起了柳笛。那声音婉转，悠扬，有时还能合奏成交响乐呢！春儿是大家默认的孩子头儿，他拧的柳笛有二尺多长，吹的时候，腮帮子鼓鼓的，声音就像现在的萨克斯管，又好似远方飘来的天籁之音。

那时候，看着那树，嗅着那风，淌着那水，听着那音，觉得是那般无忧无虑和惬意。

那时候没有学过"不知细叶谁裁出，二月春风似剪刀"，也就生发不了诗人般的语言和情感，但心里那种得意劲儿，现在想来是不亚于豪放派诗人的。

是啊，春天里有多少美的风景啊！

也曾看到"几处早莺争暖树，谁家新燕啄春泥"的喧闹；也曾爬上梯子掏鸟蛋；也曾拆散鸟窝，观看小鸟孵化出壳的情形，亲手烧掉窝里的毛绒草，而因此招来大人的打骂。大人们边追打边说：造孽啊，造孽。

"猫狗也厌六七孩儿"，六七岁的孩子走到哪里也让人烦。

那个时候，"春江水暖鸭先知"的说法似乎是不准确的。先知的应该是我们这些闹春的屁孩儿们。哪个墙角地儿萌发了耳朵草啦，哪块麦地里长出了一颗杏桃树苗啦，我们知道得清清楚楚。有时候还惦记着哪块地里还有棵野生瓜秧呢，就利用拔猪草的机会去探望那棵属于自己的小苗苗，极力地呵护着它，为它施肥，为它中耕，为它除草，为它保守秘密，不告诉任何人。等到长出了果实又盼果实成熟，那心里的欣喜是无法用美词来形容。那个时候的我很清楚小苗是怎样成长、怎样开花、怎样结果的。全不像现在邻居家的孩子固执地认为西瓜是爷爷从瓜树上摘下的。

那个时候的我总觉得天是那么的蓝，阳光是那么灿烂，自由、快乐得像鸟儿一般。每当大地破冻，跑向田野，找一个隐蔽地方，开辟出一块地来。在家中偷一些种子，学着大人那样种植起来，一垄一垄的，不用等到秋天，单是等待种子发芽破土、顶着厚厚的盐碱土伸出个小头来，就足够欣喜半天了。也不免真有"花木成畦手自栽"的快感。

我们家院落里没有果树，在春天里我最羡慕的风景是邻居家的桃树、杏树。开花的时节，天天祈祷着伸到我家的那个枝条能生出一串花蕾来，好在夏天的时候享受"一枝红杏出墙来"的馈赠。但总有失望的时候。

失望归失望，可气的就是邻居家的男人不知道什么时候把伸进我家的那枝给砍掉了，害得我懊恼起来，去找他家理论，虽是狡辩，但争的结果是——那杏成熟的时候，邻居家的大婶就能送来一大碗甜甜的、橙红的杏子。这杏虽然有点涩，但争来的东西，还是觉得蛮珍贵的，一点点地吃，舍不得一口吃下。

我向来是喜欢春树春花的，尤其是那"枝未萌芽先生穗"的杨树；那"丫没生叶已缀花"的桃杏梨。她们不同于夏花躲藏于浓荫，不同于秋花沐浴于晚霜。

两颊绯嫩人面花，缤纷轻舞杏儿红。

簇簇团团傲春寒，羞羞答答迎暖风。

带着回忆回故乡，故乡的春还是那么温暖而和谐，亲切而灿然。

邻居家的桃杏树早已经砍了，大婶和她的男人承包了村里的一百亩果园。优质桃给她家带来了巨大的财富，欧式小洋楼就盖在了村边。据说春天里年迈的她成天戴着面纱出没于自家的花海里，养蜂割蜜，忙得很呢！我决定不去打扰她了。

信步走到一望无际的沙河滩草甸，草甸里镶满了五颜六色的小花，我总是提醒自己绕着小花走路，小心翼翼的，怕一不小心伤了这些稚嫩的大自然给予的小生灵。席地坐在沙滩上赏花，有名字的，无名字的，无论颜色形状，只要是有特色，都觉得可以一赏。赏花的同时不免吟出几句自己也觉得拗口的诗来，权作浪漫。

走故乡春姿曼妙，融自然笑逐颜开。

闹春花蝶飞蜂舞，看劳燕泥展天工。

墙的故事

当那堵墙垒起来的时候，我和好友夏明都哭了。

就是因为我家的鸡飞过矮土墙，把蛋产在小明家的鸡窝里了吗？为什么非要拆了旧墙垒新墙呢？儿时的我和小明百思不得其解……

那堵矮土墙，曾经是我们两个懵懂少年心中最惬意的风景。

放学归来，矮土墙就像一个匍匐在那里的慈祥老人，弓腰驼背，静静等着我们光临。两人只招呼一声，就都爬上墙背交换着花生、苹果吃。有时候还爬着矮土墙对作业呢。对完作业，干脆就骑在那墙上玩我们自认为得意的事情：挖墙洞、灌蚁穴、寻蝉蜕。时常为我们发明的新玩法而窃喜。

春天，风儿摇动着我家那棵歪桑树，摇醒了小桑葚子，稚嫩的翡翠般的小尖蕾，从树丫叶隙间绽出来；夏初，风儿携着柔柔的阳光拨开宽大的桑叶，抚弄着一簇簇半绿半紫的桑葚。这时候，我和夏明都知道，我们"打牙祭"的日子快要到了。歪桑树的树冠遮盖了矮墙，爬墙上树，寻寻觅觅是每天要做的事情。哪颗桑葚长大了，哪颗变紫了，我们心里明镜似的。紫珠流蜜的时候，摘下几颗来，一人一颗分着吃，吃进嘴里酸甜酸甜的。上初二时，学到了"沁人心脾"，才知道用这个词描绘当时的感受是多么的合适。

夏明家的桃树、杏树也同样遮盖了我家的矮墙。春天，枝未发芽已缀花，我花开罢他花发的闹景，让两家的大人们兴奋不已。"两颊绯嫩人面花，缤纷轻舞杏儿红；簇簇团团傲春寒，羞羞答答迎暖风。"家乡的春温暖而又粲然，亲切而又和谐。杏子红了的时候，小明妈隔着矮墙，笑哈哈地送来一碗红杏。这时，我妈就笑着招呼我："快去吃啊！不要上树挠墙了啊！"说完，顺便回给小明妈一碗青豌豆。每当这个时候，两家大人笑得比杏子还甜。

后来我知道，拆矮墙，垒高墙，缘起我家烧了一窑砖。砖墙比土墙高三倍，桑树和桃杏树影响建墙，于是我家砍了桑树，夏家砍了桃树、杏树。

好比一场屠戮，枝棵成堆、落花匝地。

墙垒起来后，我和夏明都哭了。因为，去他家一起玩儿要绕很长的一段路，后来就很少一起玩了。

有一天，夏明用钢钎抠下一块红砖来，将"我家"的新墙挖了一个洞。一只胖乎乎的小手伸过来，手上托着一块蹭上土了的小糖饼。接过糖饼，我欣喜若狂，立刻将小墙洞用秫秸遮挡起来，保守只有我俩才知道的秘密。

大人的发现，终结了我们的好事。哥哥说夏明是坏小子的时候，两家的大人吵了起来。后来两家的关系发展到大人不说话也不让我们说话的地步。

墙让大人吵架，吵架冬眠了我们的友谊，友谊在沉睡死去——

都怨那堵新墙。

二十多年过去了，来到城市工作的我没有了夏明的消息。直到去年他因为孩子上学的事找我帮忙。来时气喘吁吁，说是给门卫说了很多好话，走了很多台阶，才来到我的办公室。还托了个我不怎么熟的一个当科长的人找我办事，令我的心咯噔了一下。

请他到我家做客的时候，他不敢进电梯，不敢踏干净的地板，不敢坐崭新的沙发，表情尴尬木然，说话支支吾吾。我有意提起"老墙趣事"，他的情绪才略有好转，可怎么也不肯留下来吃饭。临走，从一个黑帆布袋子里扯出一条烟来，非要给我放下，无论我怎么说，他都不肯拿走。

望着他谨小慎微的样子，我似乎明白，是时间泯灭了他儿时的张扬，是城里乡下这个长长的"路墙"隔远了我们的友谊。我们不会再有童年那份纯真与感动，我们之间隔的是"心墙"。

他走后，面对那条烟，我静坐了好长时间，我心里默念着"夏明啊！你怎么不给我带几颗杏子来啊！"

怀念那——有矮土墙的童年！

我爱家乡的那条小河

我爱家乡的那条小河。随着年龄的增长，孩提时代的故事回忆起来的已经不多了，但是回荡在心海里的总是家乡那条小河哗啦啦的流水声。

我爱家乡的那条小河，那里有清清的河水，潺潺的绿波。

春日里，涓涓溪流唤醒了岸上的杨柳，流动的冰凌推搡着冰融后的河床，感觉到地表升温的鱼儿就这么浮游在可见粒粒白沙的清澈水流中。时而逆流扬鳍，时而逐流摆尾。

我爱家乡的那条小河，那里有轻轻飘过的小船，那里有摆渡老人的吆喝。水中、岸边、柳下还有小孩子们的欢歌。

夏日里小河聚合了大自然的恩赐，浩浩荡荡地开始了迎西送东的工作。是啊！送走了一河潺潺春水，迎来了滔滔夏水的撩拨。"水满船家忙"，船家虽辛苦，但是看到南来北往船客上岸时的笑脸，也就美得"篙击水花"乐陶陶了。随着时节的变换，小河也在自然地扩大它的领地，河水从岸边一行行杨柳树的空隙里偷偷地涉过，淹没了护堤人简陋的小屋，冲走了小屋里刚刚烤好的红薯，还淹死了我们托护堤大叔照看的小白兔。但是啊！小屋坚实的石头墙垛却成了我们这些孩子的好去处。每天，放学路过小河边，总是脱得一丝不挂，站在垛子上面，俯身这么一跃，来个"鱼"翔浅底，来个"鹞子"吻波。男孩子们在宽阔的河面上无所顾忌地畅游，女孩子在树林罅隙里偷偷的嬉戏。虽然有时候互不干涉，井水不犯河水，但是，调皮的男孩子们总是带着"坏意"地去招惹，女孩子也就不甘示弱地笑骂着。记得那个时候忘记吃饭和上学是常有的事。父亲是瞒不过的，他会让你脱光衣服用指尖在你的背上轻轻一划，若出现了白色的划痕，那接下来就该挨揍了。唯一的对策是回来的时候打一捆猪草，这样也许能将功补过，瞒天过海了。

我爱家乡的那条小河，天高云淡水流静，闲情老人垂钓忙。

秋水时暖时寒，畏冷的孩子们已经不敢再下水，只好在河边看老人们钓鱼，有时候也学着大人垂钓。孩子们性子急，往往是钓不来的，也就时常偷个空子，把小泥手伸向垂钓老人的鱼篓，把那位佝偻着背，眯着眼，神情专注望鱼竿的老人的鱼据为己有。还得了便宜卖乖地说，看啊，你的鱼自己跳到我的篓子里了。每当这个时候，老人就支好鱼竿儿，弓起身，扑扑身上的白沙，憨厚地笑一笑，然后，决然地把自己的篓子倒个底儿朝大，把里面的鱼虾一一分给孩子们，一边分还一边说，这是"鲫瓜片"，这是"支叉股"，这是"长须虾"，看着孩子们拿了鱼虾乐颠颠儿地跑了，他却"哈哈"地大笑起来。

我当时不解此举，现在才知道老人是重渔而不重鱼的。

我爱家乡的那条小河，想来，她也许还让我明白了什么是《沁园春·雪》中所写的"顿失滔滔"，体验到了二十四节气歌里唱到的"小雪冻地，大雪冻河"。

　　昨天还是渡船悠悠，今日却见渡人愁愁。华北的冬日，小河水少，总是冻得似乎没有了流动，老农们才凿开一个冰洞，查看冰层的厚度，还伏下身子侧耳细听，了解冰下水的流动情况后，才确定是否可以在冰面走动。那时看来，像闹着玩似的。

　　我爱家乡的那条小河，那是童年的梦，那是绿色的歌。不记得是什么时候了，那条小河就没有了水的踪影，白花花的河床裸露着，像在对人们诉说着什么……

　　啊！我爱儿时家乡的那条小河！

我家的织布机

　　三十年前，我家祖传三代的香椿木织布机让我拆了，后来我用这木料，打制了一张包箱床，再后来，这床成了我的婚床。

　　结婚以后，搬家三次，都没有舍得丢弃这张床。三十年的大半时间我与床共眠，心舒心安。近来，总喜欢懒在床上冥想，朦胧中，耳畔常常响起织布机的"咔嚓"声。这是儿时听的最多的最美妙的声音，母亲说我是在织布机旁盛放线轴的大笸箩里长大的。母亲每天晚上都织布到很晚很晚，就把我放在笸箩里玩弄线轴。我大多是听着母亲节奏分明的织布声进入梦乡的。大一些了，记事了，还总喜欢在织布机房睡觉。大半夜醒来，总有一捆儿带着面浆香的线枕在头下，有一块新布盖在身上。

　　织布是苦差事，成布的过程也很复杂。摘棉花，弹棉花，做绵卜节，纺车纺线，浆线团，梳理线团，上织布机，经纬线安排好。然后就梭来梭往地编织，"啪嗒"过去，"刷拉"过来，千丝万线的堆积编织 N 次才成一块儿布。这就是 40 多年前，人们穿衣着裳的老粗布了。后来，村民们穿起了进口的尼龙化肥袋子做的衣服，才知道化纤布可以代替粗布做衣服，于是，集市上的粗布堆里，最早有了质地松软的的确良。

那时候总觉得老织布机就是一位勤劳的老者，匍匐在那里，不停地工作，编织着人们赖以遮体的老粗布，也编织着农家人多彩的梦。半个世纪前拥有一台织布机那是很富有的炫耀。谁家传出织布机声，那是勤劳富有的信息。织布机的灵魂与人们勤劳的思想意识柔和在一起。

好像从 20 世纪 80 年代起，织布机的声音开始逐渐消失。我家磨得泛有枣红亮光的织布机闲置起来，虫蛀鸟驻，灰尘满面。独占着一间房子的织布机上满挂了筥屉、鞋子，还有蜘蛛网等。家里常年不用的东西都闲置在织布机上。一开始，谁家也不舍得丢弃它，因为那个年代，粗布能换油盐粮，换猪马羊，所以，它在人们衣食住行方面，算是立下了汗马功劳的功臣。因此，尽管没有什么用，也不舍得拆掉。

直到 1985 年，师范毕业的我有了工作，要结婚了，那时候每家新房里都是包厢床，虽然使用起来咯咯吱吱有动静，但是人们还是毅然决然地拆掉火炕换新床。我懂点儿木工活儿，想亲手打制我的婚床，这样，一可以省手工费，二可以随心所欲设计床的样式，三可以留下一种类似浪漫的回忆。可是找来找去，家中木材不够，看织布机的方条木很合适，我于是在一个家里没人的下午，三下五除二就将织布机拆掉了。

等爹娘回来，织布机已经让我锯成了适合做床的一个个方木。娘很惋惜，看着织布机的残骸眼泪汪汪的，爹却很开通，说："拆了拆了吧！早就该拆了，挡着地方，也没有什么用，打成床好让儿子娶新媳妇。"这么一说，娘脸上立刻有了挂着泪花儿的微笑。

织布机时代终结，包厢床时代来临。

可惜啊！这香椿木的织布机虽然没有一颗铁钉，但是木质硬似铁，锯起来冒火，钉起来弯钉子，用坏了两把新锯条才将包厢床打成。

看着崭新的包厢床，听着收音机中传出的新华社评论"不破不立，大刀阔斧建设社会主义新中国"，我心想，社会的前进也许就像我拆了旧织布机做新包厢床一样吧。

那时候的做法，用现在的理论诠释，那就是：破旧立新换新颜，与时俱进求发展，善才善用才是硬道理！

寒星下的迷藏

北方的冬天，天黑得特别早。

儿时的冬夜不觉冷，因为孩子们大多是跑得满头大汗的捉迷藏。

下午学完三节课，放学回家，趴在风箱上，暖暖地写作业，等锅里有了小米饭的香味儿，我的两道数学题、一道语文题就做完了。刚收拾完书包，娘就端上来两碗热气腾腾的米菜面（米菜面就是小米、白菜、杂面放在一起煮的饭，熟后泼上辣椒油），呼噜着吃完，抹一下嘴，擦一把额头的微汗，就听到了左邻右舍孩子们的召唤声。

捉迷藏是不能缺席的，因为这种游戏需要两个小队，一队十二个人，胳膊上有红布条的是红队，有蓝布条的为蓝队，和现在的军演差不多。

捉迷藏需要等漫天星斗、星光隐约时才行。红蓝两队叫着号子，列队走向旷野，那里有堆堆码放起来的玉米秸秆和草垛。各队点清人马后，第一项任务是建设烤红薯的土窑，队员们能在十分钟内把窑建好，将红薯烤上。

烤上红薯，两队的队长一声吆喝——藏猫！蓝队的队员们四散开来，瞬间隐藏在玉米秸秆堆和草垛中，等过十几分钟，红队的队员就可以一个个地找了。

大地一片安静，安静得能听到蓝队队员在埋藏地点慢慢挤响的屁声。发现并确认为蓝队的队员后，红队的队员英勇出击，生擒蓝队队员，然后，唱着小曲儿，押着自己的战俘两两回到集结地点，有时候战俘半途逃脱，逃脱了就需要追了，追者只要抓住对方的胳膊为获胜。

这事说起来容易，做起来很难。藏猫者为了不让对方轻易找到，想尽办法隐藏自己的身体。运用计策，设置障碍，有时发出吓人的响声。更有甚者，胆大的孩子还将冬眠的长蛇放在自己藏猫的洞口，以吓唬寻找者。

我是蓝队的一名能想办法的隐藏者，每次都让红队的队员集体出动找寻我一个人。我用的是反其道而行之之计，其他人都喜欢"鼠打洞"，在玉米堆中挖掘了许多迷宫，以增加寻找的难度。我却喜欢上垛顶，有时平躺在草垛顶上，用细草覆盖全身，只露着大眼睛，一边听寻找者的声声呼唤，一边看天上的飞云流星，那个时候心里有得意和惬意综合起来的一种兴奋，得意的是自己的智慧，惬意的是还可以在藏猫的同时，享受星空给人带来的无限遐想。这个计策被他们识破了，我就在草垛的顶部挖一个竖井，然后整个人竖起来埋藏，缩小暴露面积。

在限定的时间里，也就是红薯熟了之后就算到时，寻找的一队再找不到人是要挨罚的，罚他们下次再来玩藏猫时比别人多带一块儿红薯。

深藏不露的人听到吆喝，也可以从隐藏的地方自己走出来，去吃只有他自己才可以吃的三大块儿烤红薯，这种奖励我得到的时候最多。

有一次，我躲藏在草垛顶，静静地看着星星和月亮，不知不觉就睡着了，害得两队队员找了大半夜才找到我。于是蓝队队长责令我停藏三次，干烤红薯的活儿。那时候烤红薯是个技术活儿，一般的孩子还是干不好的，我烤的红薯，不糊不焦，软硬合适，深得伙伴们的认可。我的方法是，先将所有的干树枝压进窑内，然后在上面添置一些细土，把柴憋成焦炭状，然后用火炭分层将红薯一个个码放在窑内焐。这样不到一个小时炭火燃尽了红薯也焐熟了。吃烤红薯，是捉迷藏后的附带项目，是很实惠的，大家玩累了饿了，每个人都可以吃上一个或者两个大红薯，然后拍着肚皮，美美地回家。

现在和我一起捉迷藏的孩子们大多是年近半百的人了，有八九个从事科学研究工作，有三四个做了大领导。想来，他们也没有如大人担心的那样，因为夜夜捉迷藏而荒废学业，更没有耽误人生。

如今捉迷藏仿佛久远得可以申报非物质文化遗产了，寒星下的迷藏成了永久的回忆。现在的孩子们大多埋在书堆里，大多热闹在网吧里，大多快乐在电视剧里。有时候，他们很难做自我时光的主人。他们总是在大人的呵斥声中去被动地完成大人们觉得应该去做的事。

如今的孩子们啊，你捉回迷藏，试试，爽否？

他，特立而不独行

上课铃响了，他还在操场上踽踽而行，本想快一点儿进教室，却突然栽倒了。当他艰难地爬起来走到高一（3）班教室门前的时候，已经迟到五分钟了。他喊报告，语文老师正讲得起劲儿，没有听见。他以为老师已答应，于是推门而进，不小心假肢的关节又碰响了门。老师责怪他："为什么迟到了还不喊报告？"他说："喊了！""为什么发出那么多声响，影响同学听课？"他没有说话，他不想让新老师和新同学知道自己安着假肢。

依照新张贴的班规，不用老师说，他默默走到教室后面，站着听课。累了，他就靠着墙壁。他告诉自己，以后要少喝水，争取课间不去厕所。他努力让自己站得很直，过一会儿，他就让好腿站着，让假肢抬起那么一点点，这样，残腿就不会那么疼了。

在日记里他描写了自己当时的感受：用一条腿儿站在同学们的背后，我觉得自己像田野里孤独的蘑菇，我找不到和我相似的一棵禾苗，我简直就是特立独行。

从此，他无论在家还是在校从来不主动和别人说一句话，他真的关闭了心窗。

妈妈把他的日记偷偷交给了他的班主任，并向班主任说明了小奇患骨癌截肢，并坚持化疗，最终战胜病魔的事。班主任震惊了，她就是那位语文教师，想起那天小奇的"特立"，听了小奇的遭遇，看了小奇写的这些诗一样的文字，班主任眼圈儿红了。老师这才知道他是一个曾遭受过身心苦痛和折磨的孩子。同时老师坚信他还是一个有写作才能的孩子，她决心要拯救这个孩子的心灵，让他变成一个阳光男孩儿！

老师知道，融化一块坚冰，最好的办法就是将其投进火炉，要解除他的自闭，最好的办法就是将其置入开放而温情的空间，用教师和同学的爱让他阳光起来。

老师于是召开了"坚强起来，孩子，像保尔一样"的主题班会。老师征得小奇的同意，在会上公布了小奇的病情，并向同学们介绍了他坚强地面对疾病的事迹，要同学向他学习，同学们为他鼓掌。

课间，他想去厕所，同桌就用自行车推着他去。后来，他自己学会了骑自行车，学校特许他可以在校内慢慢骑车。他家庭困难，学校为他申请了困难学生补助金，学校的食堂还为他提供了免费的午餐，校团委组织的立志会上，还特意让他上台演讲。

这来自于方方面面的帮助，一直延续了三年，直到他快乐地参加高考，三年里，他的学习成绩一直稳步前进。

高考时，他写了一篇题目为"特立而不独行"的作文。真实的故事，感人的话语打动了阅卷教师，大家一致同意给他满分。最后他以优异的成绩被山东某大学录取。

从此，这个不幸的孩子在这座神圣的大学殿堂里继续书写自己精彩的人生故事。

夜幕·炊烟·村落·旷野

想起了儿时的夜幕，夜幕下的炊烟，以及炊烟里的村落……

乡村的夜幕降下，秋月、繁星、穹隆……

乡村的炊烟升起，傍晚，次第地、袅袅地，缕缕地，像厨娘忙碌着的鼻息。

村落在烟雾中腾跳，在缭绕中舞动……

暮色氤氲的旷野里，6岁的我，蹲守在生产队分给我家的一堆玉米棒子旁，颤抖着身子，踮起脚尖凝望那熟悉的，渐渐模糊起来的远方的村落。

玉米丰收，父母拉走了一车的金黄，我知道我家房上将重新堆起那耀眼的金色顶了。这个季节，是父母最高兴的季节，我发现，弯腰驼背的父亲拉起沉甸甸小拉车的一刹那，脸笑得像绽开了一朵花。

然而，那时的我没有因丰收而绽开笑脸，反而用儿童自私的心分析：少分一些，一车能拉走，也许就不会让我一人看守，孤零零地在旷野里瑟瑟发抖了。

一队大雁在头顶掠过，披着夕阳的辉光，划破了朵朵镶满银边的白云，喳喳着，一会儿就没有了踪影。此刻，唤起的无助的心境，我至今铭记。

无助，恐慌在漆黑的辽阔的田野中蔓延，那田间杂草里的无名昆虫，肆无忌惮地，蹦跶到我那单薄的衣衫上，游走在光光的头上，匍匐在蒙露的眉梢，继而在眼前闪飞；它们时而低唱，时而沙哑，时而悉悉窣窣，草虫夜幕下的折腾，在一点点侵蚀着我小小生命里最后的坚强，恐惧潜滋暗长，而且渐渐笼罩周身。

我努力使自己缩成一团，本能地自己取暖，把头埋进裤裆里。虽赤着双脚，踏着冷土，也没敢找寻娘做的那双暖和的千层底儿，怕什么鬼东西窥见我这个孑然一身的孩童。那时，很希望通往家的路是一条时光隧道，好让父母快快回来。

蜷缩在秋日的田野，斜睨着村落一方，努力找寻那袅袅炊烟，然而终究是失落，心儿登时迷茫。风起来了，腐草泥土味儿扑鼻而来。杨树叶子哗啦啦地响起来，还没有放倒的玉米秸秆随风摇摆，像千万个怪兽在玉米地里逡巡。

"咔嚓！远处一声脆响，我登时全身鼓满了鸡皮疙瘩，上牙紧敲着下牙，心里砰砰着。难道真的有鬼么，老师说世上没有鬼，只有唯心的人爱说鬼话。

但是，那里为什么响啊？心里想着，害怕着，还不住地往声响处偷看。

然而，心底里的一个我，小声对我说：去看看吧，看看就知道是什么响了。

蹑手蹑脚地走过去，才发现一张铁锨倒向了一个柳条筐，是两两撞击发出的声响。心里倏然轻松，武士似的背着双手在玉米堆旁溜达起来。

父母回来了，装完玉米的同时，父亲也同时把我装上了车，还一边夸赞我很好地完成了看护玉米的任务。

母亲却嗔怪道："真有你的，让一个弱小孩子黑夜里看棒子，不怕让人家把咱孩子偷了？"

父亲却振振有词地说："我哪里是怕丢咱家的棒子啊，我是怕丢了咱家儿子的胆儿。"

我躺在车上，听着父母的对话，似懂非懂。但，感觉谁也是为我好。

晕悠悠地仰脸躺在车上，望着天幕上眨眼的星星，我心想，不是有这么多的星星作伴么，我刚才怎么没有发现呢？

家里，老榆树上，那几只老芦花鸡，站立枝头，三三两两地拥挤着入睡了。

它们天天晚上在风中，在雷中，在雨中……从来没有害怕过。

儿时，小小村落里，勾勒起的不光是一幅幅奇崛的乡村画卷，还有最为朴素的人生经历和人生启迪。我觉得，这都是生命里最为重要的。

蛋糕飘香

妻子总是念念不忘儿子上幼儿园时的一件小事，这件小事我不知听她说了多少遍。但是，妻子每次提起，就像发生在昨天的事儿一样，激动万分。

如今，儿子都有儿子了，她还是经常当着众人面，向儿子提起这件小事，讲时，儿子总能在一旁，调皮地、一字不落地补叙。

那是二十多年前，儿子还在上幼儿园小班。

冬天，晚霞映窗。

儿子蹦蹦跳跳着从幼儿园回到家里，妻子问他："儿子！今天中午，幼儿园阿姨让你们吃了什么好吃的？"儿子高兴地回答："蛋糕啊，可香，可甜了，我就没有吃过那么好吃的。""一个人发几块儿呢？""就一块儿，郑阿姨说，到了大班儿就发两块儿了。""哦！那你快快长大吧，等到了大班，发了两块儿，给妈妈带回一块儿好吗？妈妈也想吃。"

儿子沉默了一会儿，挣脱妈妈的怀抱，去别的地方玩了。

第二天，下午放学，天降大雪，寒风凛冽，妻子去幼儿园接儿子。儿子左顾右盼地跟着他妈妈出了幼儿园大门，正当妻子要抱起儿子时，儿子突然从头上摘下棉帽，端着帽壳子说："给，妈妈，吃蛋糕。"妻子看时，一块儿压得扁扁的蛋糕，飘着香味儿出现在帽子里。

拿出带着儿子体温的蛋糕咬了一小口，妻子泪眼婆娑地说："真甜，儿子啊，这蛋糕给妈妈留着，那你中午吃的什么？"

"喝了一碗小米粥，吃点儿炒白菜。妈妈，我能吃饱。"儿子抹了妈妈的眼一把，拍拍小小的肚子说。

"你是怎么想到放在帽子里顶着的。"

"没有兜啊，老师说过发的东西要吃完。"

"记着，以后不要给妈妈带蛋糕了，自己吃，不然就饿得不长个了。"

"好，可妈妈说，喜欢吃啊！"

"妈妈逗你呢，妈妈不喜欢吃甜的。你自己留着吃吧！"妻子捏了儿子的鼻子说。

"那妈妈喜欢吃酸的吗？"儿子忽闪着大眼睛问。

"喜欢啊，总之，发了东西要吃完，一定，拉钩。"

妻子和儿子拉了勾。

可是，第二天，儿子又在帽子里为妈妈顶回了一个苹果。苹果有酸味儿，儿子知道妈妈喜欢吃酸的。儿子的举动即让我们欣慰又让我们难受，因为带苹果和带蛋糕不一样，苹果一定压得头难受。

然而，我们并没有责怪他，表扬了他的孝顺，肯定了他始终想着妈妈，但是也警告他两点：要听幼儿园阿姨的话，要说话算话，拉了勾要顶事。

在儿子的成长过程中，我们关注了每一个细节。或不失时机地，或有意无意地对他进行方方面面的教育。

妻子总是给儿子讲"蛋糕故事",不厌其烦,也许是想让心中的那块儿蛋糕永远飘香吧!

第二辑

读书：书趣室的畅想

　　读书是一种高雅的享受，是读书人只可自己意会且难以向他人言说的快乐。台灯一盏，清茶一杯；一书在手，悠然而读，时而冥思遐想，时而奋笔疾书，苦在其中，乐在其中也！

春上小阳台

东天露鱼肚，简衣推窗开。吐纳理肺气，偶有花香来。

四处寻觅时，原来，不知何时，春已悄然溜上我家的小阳台。

拿来两个红瓷碗，各盛三杯白净水，左载露尖蒜，右植黄芽葱，小小的生命就此有了希冀。

摆弄好这些，仍踯躅于居家高楼阳台落地窗前。遥听远方，车马喧喧，婚炮连连，还偶有送魂的小鞭炮噼噼啪啪急速响过。这夹杂着悲与喜的声响同时冲入耳鼓，使得我心中登时空灵起来。于是，我离开阳台，扑扑身上的浮尘，抹一把昨晚的倦脸，打一个长长的哈欠。俯身侍弄久违了的花草，看到那复萌的绿色，突然卸下了心头的烦忧，心海无比地澄澈起来。想来，每一次吐纳，每一次萌生，都和这插花育苗一样吧，也许在这小小的阳台上，就能看到整个的春天。

其实，每个生命都是渴望春来春驻焕生机的。记得去年，阳台的角落有一盆朱顶红，冬日里看她，就一个孤零零的圆球，黑不溜秋的没有生命的气息。春节打扫庭院时，孩子说，扔了吧，有碍观瞻。我想也是，刚要放进垃圾筐，却发现圆球球上有一丝新绿抗拒着尘土的覆蒙。带着对嫩芽的不舍，我把她随意植入一个破花盆里，并为她浇了一杯隔夜茶。没有想到，这点儿施舍居然救了她的命。原来，花也是懂滴水恩涌泉报的，这初春里的她居然在除夕夜娩出一粒蕾，随着渐渐长大，一根绿色扁茎高傲地挑出了一尖红苞。我知道，她要展示她旺盛的春姿了。虽然羞涩着，但是她一定会勃发的。果真，还没有过正月初五，她就红嘴儿微张起来。于是，再为她浇上两杯隔夜茶，一杯是我浇上的，一杯是妻子浇上的。

不几日，下班归来，妻子惊叫，吓我一跳。急忙看时，发现这朱顶红居然不负我俩之重望，开出三朵长蕊带露的红花来，花瓣虽然单薄了一些，但是她如喇叭般的红口吹姿，似乎像是浓妆艳抹的女汉子，不羞不臊地告诉我："看！我为你而绽放了，谢谢你俩给我的三杯茶呀！"于是，她被请上了客厅中央，赏给了她一个高高的带高档滚动轮的花托儿。早晨起来，推她找阳光，要上班了，推她进荫凉，总怕阳光炙老了她稚嫩的红颜。妻子嫉妒地说："看你，对这个破花比对我还好。"说完作抬脚状，真真应了"花惹女人妒"。我马上用身体护住，妻子却笑得直不起腰来。

春上小阳台，且把春留驻。于是，我利用一个双休日的上午，专心做请春入阳台的"闲"事。很小就有爱白菜花的情结，在自制木箱大花池里把长了娃娃的白菜疙瘩栽上，浇足水；干瘪了的大葱张扬出嫩黄的新芽儿；皱了的大蒜发出齐刷刷的新绿。带着心头的希冀，喷淋了令箭花、蟹爪莲、君子兰、马蹄莲、吊兰，还有那巴西木、鹅掌木。看着这些除却冬日浮尘的生命张扬着绿色，我笑了，拱手说："哎呀，拜托你们了，为我家迎春来吧！"

不几天，整个小阳台就春意盎然了，葱芽儿肥嫩油绿，蒜苗儿鲜亮泛黄，令箭花硕大艳红，马蹄莲纯白如玉，巴西木黄绿红白彩旗招展，白菜小黄花儿霸道的高挑着疏枝。

为这小阳台起名为"春之苑"吧！

书趣室畅想

小城最高的那幢楼里有我的新家。

装修的时候，我和妻达成了一致意见：家里应该有一个温馨而宁静的空间读书，闲暇之余能一起追寻"心远地自偏""悠然见南山"的感觉。于是特意打造了一间精美的书房，命名为"书趣室"。

三个新买的红柚木书柜顺墙壁排放，好似重起了一道书柜墙。将多年的藏书一箱箱搬来，分门别类地码书上架。忙活了一整天，累的人要死。应了那些麻友们常调侃的话——文人搬家书（输）多。

书多了，这也不想丢，那也不想扔，三个书柜摆满了，地上还有一大堆在。于是又重新整理，静下心来琢磨：有的书虽然很旧，却是书中经典；有的书虽然很新，却没有什么可参可考的价值。这样，书就有了高下卑贱之分，居于正座的应该是那些大家的书吧，这个全集，那个全集的，厚厚的，便于收藏，不便于看。妻说：还是把你自己写的书放正座吧。心想也成，文人自诩本天性。虽这么想，但还是把拙作放在了偏座，原因是怕人家笑我自傲自满。挪来放去，还是不忍将那些的贤人雅作束之高阁。于是，看还有空间，便决定再买一书柜。两个成对，四个成行。四个书柜成规模，俨然一个小型的图书馆。

整整齐齐的书，精美的电脑桌，正与世界交互对接的电脑，多好的学习和创作环境啊！我坐在宽大舒服的老板椅上，眯上眼，努力使自己什么也不想，一种悠然、恬静、高雅的感觉便陡然占满心头。哦！还有什么比这更美妙的心境吗？

以后的日子里，每晚，创作之余，我都要用一种特制的麂皮布精心擦拭书柜，书柜的玻璃总是锃亮锃亮的。有时候，静坐着细察木质书柜自然的纹理，有种遁入三维灵界之感，缥缈、空灵，无限遐思漫撒而来。这岂是一排排、一本本书啊。这是时空、是世界、是历史，是现实、是未来……

来到小小的书屋，或静看一本书，或启动电脑上的一个个链接，使我感到如同进入一个广阔无垠的时空，可自由漫步，可任意翱翔，上九天可揽月，下五洋可捉鳖……

在我眼里，一本本装帧精美的五颜六色的书就像一颗颗排缀在夜空中闪烁的星，每一颗都熠熠着独特的光明。

俯瞰窗外，眺望远方，喧嚣与繁华并存，雾霾与街灯同在。世间一切也许都如这车流匆匆而过，而一本堪称精神与思想宝库的好书，在与你对望之时就附着在你的灵魂深处，以超人的才智和独有的精神魅力，给你激励并陪伴你到永远。

躲进闹市高楼里，开书房、启电脑、看电子书、浏览网页、开博冲浪，远方世界变得近在咫尺。有时候，凝思静神敲键盘，佳词妙语著华章。字字句句汇成情感的波涛，神思心绪跃上心灵交互、倾诉的平台。读网给我以乐趣、信念、沉思、解脱和感悟；读书给我以知识、理想、探究和寄托。每天晚上，对话给书中人，虽孤而不寂寞；在情节里沉浸，虽乐而不心狂，虽哀而不神伤。因为，从逼真的描写中，我得到了心灵的体验，一次次的阅读中的激动难道不是一种绿色的心灵体操吗？只能让曾经脆弱的心变得更坚强。

躲在"书趣室"里读书的滋味如何？不用回答，当然是一个字——趣。"黄金屋"也罢，"颜如玉"也罢，总之，书是美好的化身，在我眼里可一日无食，不可一日无书。读书是一种高雅的享受，是一种只可意会，难以言说的快乐。

台灯一盏，清茶一杯，一书在手，悠然而读。苦在其中，乐在其中也！

我家的书趣室是艺术的屋，琅琅的读书声是心灵的歌，哒哒的键盘码字是十指的舞。走进书屋，忘却了烦忧的事，静下了浮躁的心。世界在变，生活在变，人心也在变，但静心读书，专心写书的品格不应变。

感谢书趣室那层层叠叠的书，使我心怡然、心依然、心屹然。

人生悲喜皆匆匆

新居毗邻繁华的清风南街，买楼时我就有顾虑，担心环境是否吵嚷。有人说，买高一些，声音不往高处走，于是，我也没做考证，听信了这话，买了高楼一居。

谁知每天，每当东天微白，万籁俱寂的时候，总有"炮"声震醒耳鼓，让人惊起。

睡不着了，听炮声来琢磨其悲喜：

那，随着哀乐而来，"砰嗵"炸成两响的，一定是殡丧的炮仗。华北平原村落的传统习俗，死了人是要放二踢脚的。如今这二踢脚造得动地惊天的响，震得门颤窗抖。第一响有了，黑药喷地，是要告诉土地，人间有一故去之人尸身要入地了；炮身催起，蹿到50米左右的高空炸响，是要告诉上天，人间要有一灵魂升天了。

那，一声声撕空裂气、连续而发、似二六零迫击炮响的，一定是哪家结婚的礼炮车来了。如今的礼炮车造的那叫个先进，一绿色皮卡车上，满载着集束火箭式的发射装置，成排的长长的炮筒斜指蓝天，均能连发，直射苍穹，咚咚之声如雷贯耳。这家新人要高调地向月老报告，凡间新人有了特大喜讯，感谢他牵线搭桥之功，同时也告知亲戚朋友快来分享这新人新婚之喜。炮仗车后，紧跟着的是一水儿的挂彩披红的黑色婚车缓缓驶过，开车的那些司机好像不知道新郎官多么急似的，舍不得把油门踩下那么一点点儿。

这样，热闹的早晨就算开始了。

问周围早搬过来的邻居，说是司空见惯的事。由于这里正是全市南北出入的交通要道，所有的车辆进出这千年古城必须经过这里。婚车是赶好时辰的，丧车或为医院新故去之人归家，或为早早赶去火葬场火葬的。所以，有时，婚车丧车相遇就在所难免了。据知情人士说，这悲喜之车偶遇的时刻还真不少，所以各家都听从老人们的教导，提前做好应急方案。每当这时，丧车率先出来一壮汉，捉住事先栓在灵车上的一只白色大公鸡，狠扇耳光，掴的它满脸通红，惨叫不止。大丧之日，为何这般残忍对鸡？却不知，风俗都这么走着的。婚车呢？则是先发三声炮，新娘子立刻将一包针掰断了抛向车窗外，以吓跑亡魂。又将早已预备好的桃树枝条掰断，洒满道路以辟邪防身。然后双方都放响小鞭炮，在噼噼啪啪中各自赶路……一个走向终结人生的坟墓，一个走向即将创造新生的婚姻殿堂。

人世间的悲喜就这么匆匆而过。谁也不怪谁，因为这纯属偶然，也纯属自然。自然的犹如人的呼吸，在人们不经意间存在着。你不能因为你结婚就不让人家死人，你也不能因为你家老了人就不能不让年轻人结婚。

这路上走着的有悲也有喜，这正如人生也如此悲喜杂陈，岁月如此飘逝匆匆。

其实啊，在我这普通的生活里，悲喜同在是常有的事。我是一个在别人看来能写点东西的人。在这个凡事都想讲究的时代，婚礼上的讲话就有人托我来写。人没了不管是党员还是群众都想开个追悼会，给亡者的人生画上个圆满的句号，所以这悼词也有人托我写。写来写去，这一天之中就有婚辞、悼词都写的时候。每当这个时候，我都强制自己间隔两个小时左右再写，以便重新整理思路，调整心态，组织语言。这个时候是万万不可对来"求词"的人说这说那的，说什么都不好。所以，默默领受任务是上策。

这样，我在这一悲一喜中就生发了许多的感慨：这人生悲喜啊，纯属过客，悲事儿有了伤悲，喜事儿有了纳喜。什么都过去了，这平静的日子还得一天一天过。

然而，这调节悲喜的诀窍，我还是通过读书获得的。

悲伤时，读读莎士比亚的作品，感受先悲后喜的人生结局。读着读着，情绪也就转悲为喜变得超然豁达了。想来也是一种享受，试想，在凄冷的秋夜，翻着带有墨香的新书，好像每一页都有一个古老而又遥远的灵魂与你对吟，让你的思绪自然地纳入到他的文字中。那悲与喜交融掺杂的滋味，那人生美妙动听的乐章，那华丽辞藻中形成的飘逸幻想都一一杂陈而来。在故事中享受真挚的友情和最忧伤的爱情；在情节里明白什么是最阴险与狡诈；在剧情中觅见悲催人的泪痕，听到喜乐人的嬉笑。读莎翁的文能让你感受人生聚散离合、爱恨情仇。每一篇文字都令你心旌摇荡，每一次阅读，都会被莎翁精湛的笔触与智慧的哲思征服。

人生中有很多的悲喜，如何面对，就看你的功夫了。

人生不能总是飘在喜的彩蛋里享乐，在无休止的享受中玩物丧志，应该在喜乐中淡定平和，体验情感的真谛，珍惜拥有。

人生悲喜皆匆匆，关键是要悲喜皆淡然，这样，人就进入了一种至高的境界，活出一份平静自如了。

这样看来，我早晨起来所遭受的惊扰又算得了什么呢？

陌上花开缓缓归

北方春脖子长。是啊，都四月下旬了，阴沉朦胧的老天，还没有睁开双眼的意思，本该是风和日丽的阳春时节了，依然氤氲着寒冬般的阴冷气，后来竟纷纷扬扬地飘起雪来。

扑扑身上的雪，去停车位开车上班，看一哥们瑟瑟发抖地给妻子通电话："家里下雪了，你胃寒，云南暖和，多旅游几天吧……我能行！"

暖暖的几个短语，有着诸多情意在。

不仅让人想起"陌上花开缓缓归"的诗韵佳话……

在一千多年前的五代，吴越王钱镠的原配夫人戴氏是一个温柔贤淑的江南农家女。这年春天，戴氏回娘家踏春看花，春浓花好不思归。一日，吴越王料理完政事，走出宫门，却见凤凰山下，西湖岸边，已有桃红柳绿蜂携花蕊风吹絮，红男绿女碧波岸里逛苏堤。想到与夫人已多日不见，不免又生出几分思念。但是，他回到宫中，却提笔手书家信"陌上花开，可缓缓归矣"，差人送去。

　　戴氏收到，读懂夫君意。虽是聊聊九个字，但在戴氏的看来，却是最美丽的绵绵情话了。她知道，她钟爱的夫君是为了满足她赏春看花的心愿，才忍下思念写下这九个字的。思来想去，她登时感觉夫君为自己铺展了诗情画意般的生活图画，铺展开一路烂漫的春光。

　　夫思妇归不需归，看似矛盾的心理其实是对妻子的百般呵护与关爱。所以，只此一句，便使历代众多的情诗黯然失色。

　　人说好诗句能在尺幅之间见千里情。虽然用语寥寥，但是用情切切。虽是官宦大男人，但心绪细腻入微，情愫尤重，戴氏因此落下两行珠泪是自然的。此事几经传承，渐为佳话。苏东坡就此写出《陌上花三绝句》"陌上花开蝴蝶飞，江山犹是昔人非；遗民几度垂垂老，游女还歌缓缓归！"可见，古代文人多有"眼中盈美，话中溢美"的浓浓浪漫情怀。

"转"字之遐想

近来，指导妻子学开车，对"转"字有了独特的感悟。

天天是左转、右转、回轮、直行、坡道、单边桥……总是离不开车轮的转动和车轮的制动。教练说，车轮转过去后要注意回轮。妻子不了解怎么回轮，烦恼得很，其实说白了不就是"回转到原点"的意思吗？

由此我感觉到，这个"转"字对开车的人是最最重要的了。

首先，开车前，你需要先轻轻转动方向盘，为锁死的方向盘自动解锁，然后转动打火开关，使得点火马达转动，然后挂档，使得发动机转动，然后随四轮的转动车子开始行驶。其实，整个的驾驶过程中，人的思维都要围绕着车轮转与不转，车轮的前转后转左转右转进行。

而且，静下心来仔细研究"转"字的造字结构，对学习行车理论，对养成良好的驾驶习惯，也是大有裨益的。

"转"字相对于汽车驾驶来说，造得太有意义了。它是在"车"的旁边安排了一个专心的"专"。这就表明，一让车转动就需要专心致志。其实，一接触车就和"转"字扯上了关系，就和专心有了瓜葛。比如上车前要认真地绕车转一圈，专心地查看车的外况、轮胎、车底下有没有漏油漏水。上路及路边停车都要打转向灯，专心地查看路况再上路或停车。

　　行车时和"转"字相关的小技巧也是很多的，如"向右转小弯，向左转大弯"，这一点是不容忽视的，汽车在路口左转弯时，很多驾驶员有抄近走的习惯，把车直接开过去，占了左边的车道。如果左边车道有车急行，就有危险；还比如转弯前先减速，弯道过半后再加速，又快又稳。如果转弯过快，然后又踩刹车，很容易甩尾或侧翻。在大雨后高速公路上这个"转"字就更意义非凡了高速行驶中遇到积水，如果躲不开，通过时用力握紧方向盘，保持匀速直线行驶，千万不要有转向和刹车的动作，你要是随便使用这个"转"字，方向一有轻微转向就会出大事。汽车的运转也是需要注意的，汽车长时间高速行驶发动机处于高温状态，停车后若立即熄火，将对发动机有伤害。正确的熄火方法是，让发动机在怠速状态下运转2分钟左右再熄火。行驶中的转数也很重要，一般电喷车的发动机转数在2200～2500最合适。不论在哪个档位，均保持发动机转数在2200～2500。过低转速的话车走不动，耗油不走道，还伤发动机；过高转速增加无效油耗，也伤发动机。所以啊，开车人研究与"转"相关的小技巧是很必要的。

　　汽车的转动很重要，不让汽车转动也同样重要，泥水路面的制动距离最大的能达到正常路面的3倍，雨天制动就应该缓慢提早刹车。

　　这一切都和"转"字有关，最基本的是车轮一转就要专心，转弯了就要专心，不能再继续直行，没有路了要绕转，寻找新的车行路径。绿灯了要转动，红灯了要停转。

由此说开来，这如车轮运转般的人生旅程也是需要一个"转"字的。什么事该继续运作，什么事该停下来是应该很清楚的。人生的"转"有时候还是转化的意思，遇到死胡同了就需要转向，一味地直行那必将碰壁。人生是个复杂的过程，行为、语言、意念都应该随时转化修正，这样才能有完美安全的人生。

蛙叫蝉鸣夜更幽

屋后是一弯清清的池塘，夏夜是青蛙的赛事，蛙声阵阵，此起彼伏；屋前是一片片杨柳树，初秋是蝉儿的盛会，"知了"命将休矣的秋蝉，拼命地鼓噪。家家没有院墙，狗就是那把门护院的，"犬吠缺月为显功，时断时续显幽冥"。这就是农家的夜。

仲夏，夜儿长，蛙儿忙。细听蛙声，有独唱有合唱。躺在炕上数蛙声，起初好像有一只幼蛙在寻家——呱……呱……呱……，寻也寻不到，于是，凄声渐弱似断肠。寻到家了，群蛙见面和鸣起——呱呱……呱呱……呱呱呱……，诉别绪。再后来，众多蛙的起哄闹剧就开始了，杂乱无章的混唱，分不清你我。长鸣、短啸、高吼、低噢一齐袭来，像出了什么大事似的。老百姓说，这叫抄了蛤蟆窝。不过，蛙是不会惹人恼的，到午夜了，蛙声也有退去的时候，偶有几个想起兴的，也没有了呼应。

农谚说"早蛙阴，晚蛙晴，半夜蛙声不到明"，这是说蛙噪与雨的关联的。这农谚说得还真是那么回事，果真，早晨蛙鸣声噪，午后就大雨滂沱了。

刚下完雨的夜晚，是用手电照青蛙的最好时刻，说是照，其实是罩。众蛙往往在水草秸秆旁躲藏，呆呆地一动不动，只顾仰天聒噪。雨后几日，青蛙逐渐躲起来，诗言"青草池塘处处蛙"，不假，就那洼里渐多的蝌蚪，就知道蛙的繁殖能力超常了。不怕蛙藏着不叫，捕蛙人空拳扣嘴学叫几声，就启动了青蛙好叫的天性。循着蛙声，沿着水边，一步一步轻趟过去，用手电光束照住。这时，蛙仍在一方水草中陶醉地鼓噪着，全然不管危险已经来临，似乎唱完这一曲再说似的，鼓鼓的眼睛也没看到已罩上头的小扣网。就这样，捉了一个又一个。许多人喜欢吃炸青蛙腿儿，我是不吃的，总觉得不忍心吃，我更不忍看人们扭下青蛙腿儿时的惨状，每当这时，我都躲得远远的，似乎能听到蛙的哭声。

有一次回归故里，正值夏夜，我仰躺在床上，独听蛙鸣，倍觉亲切，一点也不感觉烦躁，心里感觉这世界变得绿色而又安泰了。

眯着眼，数着蛙鸣的起伏频率，慢慢地竟迷迷糊糊起来，蒙蒙眬眬中，感觉声音弱下去，弱下去，夜又归于恬静，于是沉沉睡去……

回到城内，喧嚣还是弥盖着一切：促销商品的高音喇叭没日没夜地报着几种产品的价格，完了就是播送柔绵靡靡之音，到处车马喧腾，让人陡升诸多的烦躁。

啊！真想再回故乡，去享受伴我入眠的那些天籁之音啊！

掬一捧阳光给家乡

朋友之妻是网聊来的，叫虹，柔美端庄。据说，她的故乡在庐山之阴，高山峡谷中开辟了一块儿平地，建了一幢石屋，便是她生与长的地方。

有一次去朋友家做客，我说："虹，你的家乡庐山可是个美丽的地方，有诗为证'不识庐山真面目，只缘身在此山中。'"她笑笑说："亏你还是文人呢，有诗歌就能证明庐山美吗？我才不喜欢这首诗呢，诗人是站着说话不腰疼。知道为什么不识庐山真面目吗，因为在我们庐山，在我们家，沟壑纵横，天天是阴天，月月是大雾，年年少见大太阳，你怎么能识得庐山面？"

我无语，原来，终年身临其境的人是这么感悟这句诗的啊！

听这口气，我知道虹为什么来平原了，因为，华北平原最不缺少的就是平地儿和阳光啊！

朋友家的院子足有一亩大，由于种植了很多蔬菜，故拒绝了大型树木，他家的蔬菜长得出奇的嫩绿，朋友随意采摘了几种生吃菜，洗净，上盘儿，还弄了盘儿熏野兔肉。我们就在正院里，一边沐浴阳光，一边对酌琼浆。

仲春时节，天空如洗，阳光明媚，袭着微风，喝着小酒，别有一番滋味上心头。弟妹在一旁伺候着，我们肆无忌惮地神侃着。

微熏之中，偶然发现，虹独自搬了一面小凳子，裙裾匝地的坐在阳光底下静默着。我们正诧异间，她却缓缓地伸出掌心，看看天，然后，轻快地将小手贴在脸上，一次，两次……最后一次却捂在胸前。看着这怪异的举动，朋友大声地嚷道："你干吗呢？神经了？"

虹再一次伸出手，娇滴滴地说："你才神经呢，我想，如果能掬一捧阳光寄给家乡，这一定是给亲朋好友最珍贵的礼物了。"

听了这话，我愕然了，一个山里妹子，能说出这样的话，能有这样的情愫，真让我们文人汗颜，我们不是天天在找素材吗？你看，这语言不就是很美很美的诗句？这情感不就是最纯最纯的吗？是啊，远嫁他乡，打动这颗心的不是金钱，不是山珍海味，她只想收纳世上最为常见的阳光寄给家乡，这是一件多么浪漫纯情的事啊！一个人心中有了阳光，那她一定是知情、知趣、知足的。

阳光在充裕的地方，人们不觉得其珍贵，而在有些地方，她是连金银都换不来的呦！

"喂！阳光，到我的家乡去吧！"虹慢摇腰肢，轻语呢喃。在光影中，她似乎灵动成仙女，清眸流波，玉臂拂光。我似乎看到阳光连同她的呼唤，一起逸动起来，朝着她遥远的家乡流去。沐浴在阳光底下，怀揣着一颗期盼的心，遥望天边，期许家乡的妈妈一定要接受阳光。她此刻，一定有了莫大的欣慰。

朋友大笑着，端着满满的一杯烈酒，走进阳光里，捧给妻子，没成想，虹竟然一饮而尽。我似乎觉得有一束光亮在眼前划过，绚丽的光束流动到虹的杯里，她难道是将酒伴着阳光一起喝到心里的？要不她脸上怎么泛起红晕，有了甜甜的笑靥？

朋友挑傻笑着问虹："哈哈，打电话问问妈妈吧，看她老人家收到阳光了吗？"

虹兴奋地说："一定收到了，我看到，久违的太阳底下，妈妈正轻轻掬着一捧阳光呢！"

是啊，我似乎也看到了，阳光下，一个白发苍苍的老人，手捧着阳光。她周围的一切都那么温暖、清晰、光亮。村寨的人们围绕在她的身旁，欢歌笑语，心花怒放。

啊！多想，让世界的每一个角落都洒满阳光！

土拨鼠故事里的教育启迪

听过这样一节课，一位老师在课堂上给同学们讲了一个故事，并且要求根据这个故事展开讨论。

故事是这样的：有三只猎狗追一只土拨鼠，土拨鼠慌乱之际钻进了一个树洞，猎狗无可奈何之时，居然从树洞的另一边跑出一只兔子，兔子飞快地向前跑，并跳上另一棵大树，却在树枝上没有站稳摔了下来，砸晕了正仰头观望的猎狗，兔子终于逃脱。

故事讲完后，学生纷纷举手提问：

兔子怎么会爬树呢？砸晕了几只猎狗？其他的两只也晕了吗？怎么可能让兔子跑掉？能同时砸晕三只猎狗吗？兔子把猎狗砸晕了，难道兔子就没有摔晕吗？

老师也参与了讨论，真是热火朝天。

学生和老师们都聚精会神地围绕猎狗和兔子讨论着，只有一个学生低着头写着什么。临近下课，这个学生站起来说："老师，我为这个故事写了一个续，我念念好吗？"老师说："可以。"这个学生念了起来："兔子砸晕了一只猎狗后，自己也负伤了，前腿似乎有些骨折，但他清楚地知道如果不马上逃走，也许会被另两只猎狗吃掉，于是强打起精神站起来就跑。两只猎狗还没有反应过来，他已经跑出很远了，正当两只猎狗要追赶可怜的兔子的时候，土拨鼠从洞里跑了出来，一边叫着一边向相反的方向跑去。两只猎狗争着去追土拨鼠了，兔子得以逃生。土拨鼠也钻进了一个同类早就废弃的鼠洞里去了。晕了的猎狗这时候醒了过来，三只猎狗无功而返。"

故事讲完后，老师和学生们都鼓起掌来，老师做了最后的评价："小明很聪明，在我们都讨论故事的不合理、不完整的时候，小明就开始完善故事情节，而且小明关注到了大家都忽略的土拨鼠的命运。"

这样的课堂情境应该属于课堂突发情况。往往老师会有两种态度：一种是不予理睬，呵斥小明没有按老师的要求去投入到学生的讨论中去。一种是像这位老师一样答应学生的请求，让学生按自己的学习思路展示自己的研究成果，而不去指责他的"不专心""没有按老师的要求做"。

我赞同这位老师的做法。学生的学习过程是多方面的，能自主学习就能自主发展，在教育人的策略上，我们为什么还大包大揽地去讲解呢？遵循学生的意愿，让学生主动学习，才能培养出社会所需要的创新人才。

我眼里的莫言

　　我一向认为，大凡有成就者，均具备踏实、自信和创新的精神特质。而且，这种特质会一直伴随着他的成长历程，伴随着成名后的他，直到永远。

　　这个被大多数人通晓并认可的老理论，被一位叫莫言的人再一次证明。他靠着这种精神，摘取了中国人多年来梦寐以求的诺贝尔奖桂冠，成为世界瞩目的中国籍诺贝尔文学奖得主。我们权且将这种助他一举成名的精神称之为"莫言精神"。

　　莫言，或者说是"默言"。你看，他的名字就和踏实有关。其实，踏实是做任何事的根本。莫言在"孤独与沉寂"中爆发，绽放成照亮中国乃至世界的璀璨明珠，追根溯源，许多事实有力地说明了做人做事"踏实"这种可贵品质的重要性。

　　莫言的踏实精神在于根植于故土，成长于故土，光耀于故土。"站稳了才能高飞"，从山东高密腾空而出的作家，他生于斯，长于斯，并且把大部分作品的背景置于斯，营造出了一个"高密东北乡"文学世界。莫言的成功很好地证明了脚踏一方故土，用真情实感进行创作的人，是能达到人生的广袤与深邃的。

莫言的踏实精神还在于生活的沉静与不奢靡。"一把紫砂壶，二两明前茶。独坐一斗阁，思绪到天涯"，这句话是莫言沉静、求俭、乐观生活态度的真实写照。他的创作工作室设在自家屋顶小阁楼上，取名为"一斗阁"，写作睡觉都在这里，一方斗室异常狭窄，冬不暖、夏不爽，但是很安静，很自由。灵感来时，随时可起床写作，不影响家人休息，所以，莫言对此甘之如饴。他谢绝来访爬格子，他就是这么默默无闻、踏踏实实、笔耕不辍的。

他不追风逐尚，坚持用手写作，他向学生推荐阅读的代表作《生死疲劳》，50万字的初稿，就是他一笔一画用手写成的，仅43天就一气呵成。试想，没有这种踏实肯干并持之以恒的拼搏精神，哪来优秀作品的诞生？然而，他自己却风趣地说，我是在享受着生活，这就是名人的襟怀。搞文学创作来不得半点儿急功近利，这是需要长时间的文化积淀和生活阅历的，正如莫言所说，小说的构思和素材积累经历了几十年沉寂的岁月。这是一种踏踏实实的沉寂，是不能弄虚作假的沉寂。

当代社会，踏实这种精神是应该大力弘扬的。"踏实"这个词也是教师们常常教育学生的口头语，"你要踏踏实实学习啊！"这句话也许早被学生们听腻了。其实甭说学生，就是教师或者公务员，踏实，也是说起来容易，做起来难的。踏实精神，正是那些处在浮躁、喧嚣环境中急功近利的当代人最最缺乏的。因为当代社会是喧嚣的海，很多人浮在上面，都在做"狗刨"状游动，根本静不下来，慢不下来，只有极少数的人能够做到潜入深海，享受着虽然孤独、沉寂，但却更为广阔、更为丰饶的空间。

一个人的成功，另一个更重要的精神还在于自信。首先，你得抱有一颗不达目的绝不放弃的劲头才行。无论耳畔有何讽言讽语，我心只有一两句：我能行，我一定行。

莫言自信的生活态度源自于他的成长经历。十年浩劫中，他遭遇辍学、排斥、侮辱和伤害，他时常被饥饿、孤独、恐惧所包围。但是，按照他的说辞是做牛倌可以在牛背上仰望天蓝、云飘、鸟飞、蝶舞；在草地上可以摘小花、捉蚂蚱、观蚂蚁、掘鼠洞，整个旷野里只有他一个人在乐哉悠哉地享受生活。

学生时代的莫言就有了成为作家的梦想。在辍学务农时，他借遍了全村乃至邻村所有的书，没有书读了，他翻烂了一本《新华字典》；家徒四壁，却花"5元巨资"买了一套《国学通史简编》，在解放军艺术学院学习时，这套被莫言从牛背上背到部队里的书，在孤寂与守望之时，不知他领略、研读了多少遍。军校学习期间，他坚持每天写作，每到夜深人静时，大家都睡了，他就搬起一张铁腿小课桌，独自躲进水房里，那里有一个60瓦的小灯泡，在昏黄的灯光下，他开始了创作。他写啊写！写了很多篇小说，然而，他多次投稿均被退回，他没有气馁，反而怪自己功夫不到家，他相信编辑一定会看中自己的作品。终于，在1981年秋，河北保定市的《莲池》第5期刊载了他的处女作，短篇小说《春夜雨霏霏》。后来他的小说连续在《莲池》上发表。再后来，他在这张小铁桌上写出了他惊动文坛的成名作，也就是发表在《中国作家》期刊并即将选入高中自读教材的中篇小说《透明的红萝卜》。

写作是将自己封闭起来，让自己的心凝聚到一个点上的出神入化的过程。正是这种长期体验，给了莫言生活的浑厚与自信。这种自信，更是一种创新精神的具体体现。任何有成就者都具备创新精神。汲取前人所长，但不拘泥于前人，不过分重复前人走过的路是莫言精神的又一个方面。让行为和灵魂都处于崭新的位置就是创新精神的精髓。莫言的灵魂一直走在"极少有人去的地方"。他说自己能得奖是因为"对人性最纯真的认识"。获奖后，他称自己以后依然"要到没有路的地方走走"。开拓和创新之意不言自明。

在创作思想和艺术的创新上，莫言也有其独到之处。他的四部长篇《红高粱》《天堂蒜薹之歌》《酒国》《丰乳肥臀》、译成了英文在美国出版，美国学界评论他的文章在他获奖前就有数十篇，其后更多。这些文章有的从意识形态的角度肯定莫言的独特性；有的肯定其创新性的叙事技巧和叙事角度；有的称赞他的想像力"太丰富了"；有的探讨他对人性的拷问。也正如所说，在作品中，他对故乡既有赞美，也有毫不留情的批判；虽然聚焦在故乡的土地上，却能赋予这个原乡一种普遍性，并获得一种超越性。莫言擅长想象、喜欢营造外在生活场景，喜欢淡化小说的故事情节和人物，进行感觉化的叙述和描写，用对于自然界诗情画意的描写手段来追求小说的诗化效果。在小说的结构形式上寻求通过不断变化的小说结构来增强小说的趣味性和吸引力，即打乱事件的正常条理，使情节变得迷离、模糊、零乱，更有效地扩展了小说的蕴涵和张力。这就是莫言创新能力的具体体现，可以说没有创新就没有莫言。

如此说来，"踏实、自信、创新"是能让人有所建树的必备素质，是应该在当代大力弘扬和提倡的美德。

月映昙花开

　　中秋夜，月上柳梢头，我家的昙花终于缓慢绽开。

　　十年了，她一袭绿装，亭亭玉立，春心郁结，花期到来不生蕾，藏于深闺不开颜。但是，搬家三次，我依然没有舍得将她遗弃。偌大的花盆，高高的花茎，从一楼到四楼，从四楼到九楼，我抱着她三入新家。为她施肥浇水，为她锄草中耕，从不懈怠。

　　我相信花是有灵性的，她怎会辜负有心人啊！

　　发现昙花有花意纯属偶然。一日清晨，手持喷壶，抚弄花叶为她沐浴洗尘，偶尔发现其肥厚墨绿的宽叶边沿有一绿绿的小针状物凸出。以后几天，我关注着她的发展，她居然一天天长大，成了一个尖状蕾，此蕾开始为绿色，后来蕾尖儿逐渐地变为褐色，成锥形勃发状，这个过程很漫长。

　　等待昙花的开，我焦急了将近一个月。花蕾硕大的时候，中午有人请客我不敢去，有外出事宜我推辞，甚至还改掉了蹲厕所的毛病，生怕错过了开花的时刻。终于等到了八月十五，她的蕾已经膨胀到吹一口气就要炸裂的程度。

我等待着，等待着，默念着她要坚持，最好在月上中天的时候绽放。月映昙花开，一定是最充满诗意的。

借着明亮的月色，我发现，她真的要开了。

像一个祈盼当爹的大男人等待晚育的妻子分娩，我提前为花开做着准备。相机、DV放在身旁，镜头大开着，希望能在第一时间，捕捉每一个花开的细节。

一眨眼间，昙花花筒缓缓翘起，紧接着，淡紫色的外层花瓣慢慢打开，然后梭形的花瓣一个一个崩开，似乎有拨动弓弦的蹦咚音。瞬间，28片菱形花瓣成放射状有层次地展开，清香的气息也随之喷薄而出，溢满客厅。三朵洁白如雪的硕大花朵就绽放开来。花瓣和花蕊还继续微微颤动着，张扬着她旺盛的生命力，她不娇不羞地敞开胸怀，放大了她珍藏十年的一切。蕊从她的心部，一丝，两丝，丝丝相携而出，嫩黄嫩黄，沾满了绒绒的粉，香味儿便从这粉中释放出来。

DV记录了全过程。花朵是在我着意选配的轻音乐中绽放的。

娇嫩欲滴的花就开始了她美丽的绽放，她将自己每一个部位都展露给注视她的人，毫不掩藏。

妻子弄了两碟儿小菜儿，一瓶红酒，花前对酌，激情汪洋。

哎呦！皓洁的月光探身进来，似乎也急着来赏花。

花影绰绰，香气阵阵。我时而登上小凳，时而趴在地上，俯仰摄像，仰起镜头时，这花和月就同时入了镜头，好一幅月映昙花图啊。

红酒一杯润心田，昙花羞羞为君开。

若非韦陀弄花意，美人酣睡过十年。

微醺时，吟小诗一首，惬意惬意。我嗅了嗅昙花仙子，给妻子讲起了昙花花神的故事：

昙花是一位花神，她原来是每天都开花，四季都灿烂的。她爱上了每天坚持给她浇水锄草的一位温文尔雅的年轻人。后来此事被玉帝得知，玉帝就大发雷霆，说花神不能违犯天条与凡人交往，要拆散鸳鸯。于是，玉帝将花神抓了起来，贬为每年只能开一瞬间的昙花，不让她再和情郎相见，还把那年轻人送到灵鹫山出家，赐名韦陀，让他忘记前尘，忘记花神，专心修行，后来韦陀果真修成正果。

故事还没有讲完，我们发现花冠已经开始闭合了，一瓣一瓣有序地合拢，像归队的战士；也像受气的宠儿，头儿低垂，有气无力；更像黛玉弥留，像晴雯咽气，留恋，无奈，病态凄美。

"花朵就要凋谢了，她在向我们告别。"妻子的话带着哭音。

真可谓"昙花一现"啊！再为她写一首诗，以祭花魂吧：

瞬间吐芬芳，妩媚眼前藏。风情转眼逝，残瓣留感伤。

美丽成过往，娇体透冰凉。泪送红颜去，散却窗前香。

闪亮在成长中的错误

我把书房的电脑搞瘫痪了，需要重新装系统。修理电脑的师傅说我删掉了一些不该删除的程序文件。师傅一边修理一边对我说注意事项，我像小学生般地一一做了笔记。重装系统损失了一些重要文件，那些刚写的文稿，就这么没了，很心疼。我想，这个错误应该记在我身上，更应该记在我心上。

师傅走后，我突然想起罗曼·罗兰的名言来"人生应当做点错事，做错事就是长见识"。

是啊，说得极是！我想，如果能把错误植入人的大脑，让它不断地在记忆中枢里闪亮，一定能使人避免重复错误，健康成长。

于是，我在笔记本上写下了如下的话：错误是生命里不可多得的闪光，就看你如何用它把前行的路照亮。

随意拿过一本《诺贝尔奖获得者》看起来。一则故事令我一震……

　　维克多·格林尼亚是 1912 年诺贝尔化学奖得主。他出生在法国一个有名望的家庭，父亲经营一家船舶制造厂，有着万贯资财。由于家境优越，父母溺爱和娇生惯养，格林尼亚在青少年时代整天游荡，盛气凌人，天天犯错。他没有理想，没有志向，根本不把学业放在心上，倒是整天梦想当上一位王公大人。由于他长相英俊，生活富足，很多年轻美貌的姑娘都非常爱慕他。但是，在一次午宴上，一位刚从巴黎来的波多丽女伯爵竟然不客气地对他说："……请站远一点，我最讨厌被你这样的花花公子挡住了视线！"

　　这话如同针扎一般刺痛了他的心。他猛然醒悟了，开始悔恨过去，产生了羞愧和苦涩之感。从此他发奋学习，要追回过去浪费掉的时间。21 岁时，他离开了曾使他堕落的家庭，留下了一封信，写道："请不要探询我的下落，容我刻苦努力地学习，我相信自己将来会创造出一些成就来的。"

　　他来到里昂，开始了刻苦学习，两年里，他常强制自己回忆过去的错误。每当自己偷懒时，他脑子里就闪现出曾经的错误，以及错误所导致的严重后果。就想到了波多丽女伯爵的那讨厌自己的眼神儿。那错误，那眼神儿就像闪电似的常常在脑海里闪亮，就这样，他终于补上了过去所耽误的全部课程，进入里昂大学插班就读。

　　在大学学习期间，他的苦学的态度赢得了有机化学权威菲利普·巴尔的器重。在巴尔的指导下，他把老师所有著名的化学实验重新做了一遍，并准确地纠正了巴尔的一些错误和疏忽之处。终于，在这些大量的平凡的实验中著名的格氏试剂诞生了。

　　格林尼亚一旦打开了科学的大门，他的科研成果就像泉水般地涌了出来，仅从 1901 年至 1905 年，他就发表了 200 篇左右的论文。鉴于他的重大贡献，瑞典皇家科学院授予他 1912 年度的诺贝尔化学奖。此时，他突然收到了波多丽女伯爵的贺信，信中只有寥寥一语："我永远敬爱你！"

你看，这就是错误所带来的警醒，这就是警醒后的奋发，以及奋发后获得的成就。

谈到警醒，卧薪尝胆是警醒，头悬梁锥刺股是警醒；谈到错误，六六六粉的发明是666次错误后的得到，卫星上天是多次错误后的成果。这些科学家们对一次次错误，一次次失败都烂熟于心，总让错误在心头闪亮，这样，才不至于让错误重蹈覆辙。

不在错误中警醒，就一定会在错误中麻木，如何面对错误，就看你有什么样的定力和精神特质了。

人是可以犯错误的，但是不能重复错误，不能被错误所打倒。错了，不怕，把错误埋藏于心，适时拿出来让它闪一闪，就会不再去重复错误了。

人的一生是由无数个错误点缀而成的瑕玉，虽不完美但很真实。

错误是我们走向成功彼岸的起点，它先铸就我们的品格，使我们品格坚毅；它陶冶我们的性情，使之得以坚韧。于是，我们在错误中得到警醒，又在改正错误的路上学会执着前行。

既然选择了远行，我们就不怕跋涉中的跌倒；心中有了目标，我们只顾风雨兼程。我们一定要鼓起勇气，直面错误，不被身边的冷嘲热讽吓倒。因为我们相信，错误的背后是成功，是精彩！

孤独读写说

　　"孤独"字解，"孤"是王者，"独"是独一无二。也就是说只有王者才能享受"孤独"这样至高的情愫。

　　我觉得，这种对词原意的解释有点偏颇。

　　我们这里所说的孤独，是有思想、有成就的人所有的情怀。如此说来，这种常人不愿意尝试的事，也许就有了一种"圆融状态下的快感"。

　　我认为，善读和善写的人，有这种情感体验，能享受这种高贵的孤独。

　　独处一室读与写，尝尽人间悲与欢，看尽世上离与合。尽管外面是车水马龙，是锣鼓声声，是鞭炮齐鸣，读书人仍能在书中的"黄金屋"里享受"颜如玉"般的文字，在思想的高屋建瓴处觅得一方风水宝地。灵感来，五指敲键盘；激扬时，宣纸舞飞龙。能安心读书忍受孤独的人，就不是真正意义上的孤独，是思想冲破羁绊重获自由后的奋飞与升华，它能安静一颗浮躁的心，酝酿出人间真情大爱。真乃是一种超凡脱俗的享受。

什么是孤独，不喜欢读书的小女孩子会说，孤独就是在你寂寞的时候找不到人来陪，开心的时候找不到人分享。这分明就是一种爱憎不够分明的解释。不是一个陪与不陪所能诠释清楚的，试想"如果你喜欢的人不喜欢你，陪你有何用？"，所以，应该有什么样的孤独观是当代人理应思考的。

什么是孤独，孑然一身走天涯的独行者会说，孤独就是在茫茫人海中找不到一个能陪你一起走的人。于是，只好带上行囊走天涯，或带上一本《孙子兵法》远行，走到哪里看到哪里。这样的独行者也应该是独而不孤，独身一人心不孤，这是高境界中的个性化行为，是灵魂的放飞，是理性的落寞。孤独而行却能静心读书，眼前是流传几千年的文字，心中藏的是千军万马。独行获得一种丰富的履历，读书获得一种丰厚的体验。这种孤独又何尝不是一种奇异的美丽？

写作中的孤独与独行读书中的孤独一样的美。写作是将自己封闭起来，让自己的心凝聚到一个点上的出神入化过程。在天天码字的狂写中，静而练思，孤独求文是一种造化；见诸报端，醒世警人是一种奉献。

独处一室有孤独，独处一室喜孤独；独处时才有静思，静思时才有顿悟，顿悟后才有新作问世。

莫言常在"孤寂和守望"中阅读和写作，他是一个执着而勇敢的孤独行者，他常说自己的灵魂一直走在"极少有人去的地方"，这样才有了"对人性最纯真的认识"。

"寂寞""孤独"常常连在一起，但是"专心""顿悟"也常常相伴而生。混迹于世不为觉，死后方有慧眼识，那些名人字画，那些巨著典文总是经过近乎煤式黑暗的埋没后才被后人知晓、珍藏并放光的，这些人该是忍受了怎样一种孤独和煎熬才有所成就的呀！所以，只有让自己处在孤独的世界静思默想，才能真正找回一个活生生的真我。有人说"不会享受孤独，就不会享受人生。"这是很有哲理的话。

没有孤独，就没有心静，没有心静就没有感喟，没有感喟就没有创作。让我们忙中偷闲，闹中求静，享受孤独的时光，默默感悟，巧手著华章吧！

希望自己能在纷繁劳顿中挤出那么一点点时间，少一次搓麻，少一次聚餐。在静夜里，独守一盏吱吱而燃的心灯，品一杯热气腾腾的香茗，将自己封闭在一室一书中；晨曦里，感受太阳的孤独之光，品味清静清远的孤独。让平日里那颗焦躁的心融入宁静的鱼肚白中。追忆、反思、品人生，让虚无变得富有，让孤独染上一抹喷薄而出的红。

留在后面的过往

　　读书读到一则故事：乔治和朋友在院子里散步，他们每经过一扇门，乔治总是随手把门关上。"有必要把这些门关上吗？"朋友很是纳闷。"哦，当然有必要。"乔治微笑着说，"我这一生都在关我身后的门。你知道，当你关门时，也将过去的一切留在后面，不管是美好的成就，还是懊恼的失误，然后，你才可以重新开始。"

　　这则故事读来令人沉思。活在世上的人真应该有"将过去的一切留在后面"的精神。过去的就过去了，何必总是念念不忘呢，以轻松释然的心态去做当下的工作，做事才能安心。

　　我们所经历的事情，也就是过去的事，一般有两种：一是快乐的，或以为荣的；二是不快乐的，或以为耻的。

　　一直沉浸在快乐中，享受到手的荣耀，就会不思进步。如若利令智昏，昏昏度日，不看来路，不顾后路，必将如闯王一样，乐极而生悲。同样，常忆不快之事，闷闷不乐，郁郁寡欢，那必将如黛玉一样，消极颓靡，沉闷无趣，年纪轻轻就落得个香消玉殒。

因此，像乔治一样尝试着关上身后的门是有一定道理的。虽然这是一个简单的动作，却能诠释出很深的哲理。

关上身后的门你就会忘记该忘记的，你就会轻松面对，坦然度人生。

关上身后的门，犹如深海游泳。你只能是手脚并用，向后划水，才能得到前进的动力；关上身后的门，还如汽车的马达。每一次气门的关闭，预示着动力的再次产生，如果气门常作开状或常作合状，就永远不能产生动能，车就无法前行。

我们人生思维之门的开合当然不同于机械，因为人类是有思维和情感的，所以，学会遗忘荣与辱，并不是很轻松就能做到的，悲哀与耻辱往往是刻骨铭心的；而荣誉的得到也是万般打拼与追求的结果，也不容易忘记。但是，这些过去了的荣誉和耻辱，我们都需要用一颗平常心去面对，练就淡然处之的心态。若不幸发生了，那就属于过去式了，注定无法挽回和复原。这个时候还是多想想未来，才是最重要的。如果一味地沉浸在烦恼之中，那是于事无补的。

有一句话说得好，当你在为错过太阳而流泪时，你也将错过灿烂的群星。

行者们常说，当你看到一处美丽的风景时，不要忘记更美的还在前头！

是啊！人类应该不断创造新的生活，不断展望更美的未来，不断推开新的幸福之门，才能创造更美的生活！

关上身后的门，让过去的永远过去，对未来充满信心。不要在乎走过的路，也不要在乎脚下的路，只要你注视着远处的哪个亮点走路，定能走成直线。

在行走中，一边学会遗忘，一边学会超越，未来人生的风光将更加迷人。

我为地球来体检

在书房读网，看到马云的一条新浪微博，说："我一直认为地球是有灵性的，树木好比毛发 水就是血液，石油就是脂肪，山脉是骨骼。现在毛发被剔除，血液被污染，脂肪快被抽完，骨骼在被寸寸打断……我要是地球也要愤怒，也要报复人类。地震海啸干旱……明年谁也没有船票！"

按照马云的说法，地球就有了灵性，有了身体，也就有了四项体能指标。

向医生学习，我为地球来体检，一项一项的。

先说地球的毛发吧。马云说，地球上的树木好比毛发。我感觉，马云说得还不够厉害，毛发失去多了，无非是使地球变的光秃难堪，这样形容不足以使人警醒。假如把树木比作地球的皮肤就更贴切了，因为树木是关乎呼吸的，而皮肤的每一个毛孔都有呼吸功能。一旦皮肤失去，那人的真皮就暴露出来，变得血淋淋的，就会很快死去。

其实，我们也可以想见：假如地球没有树，陆地就会迅速沙化，生态系统会严重打破；假如地球没有树，气温就会变热，空气就会变少，植物的氧化作用就失去了；假如地球没有树，夏天少了很多阴凉，人们出行会很麻烦和痛苦。紫外线指数会越来升高，会诱发多种疾病；假如地球没有树，地球会变得像一个行将故去的老人，没有绿色的生机；假如地球没有树，地球就会变得无比狂躁，风沙就会常常伴你行，风不调雨不顺……

那么，地球上会没有树吗？算一算账就不难找到答案。资料表明：全球的热带雨林正以每年1700万公顷的速度减少着，也就是说，地球每分钟都会失去一块足球场大小的热带森林。每年全球仅纸张产销量已达3.2亿吨，如果以每吨纸需砍伐4棵平均20年树龄的树木做原料的话，那么1年就有近13亿棵这样的大树从地球上消失。进入二十一世纪以后，随着树木资源的广泛应用，森林减少的速度进一步加快。如果照此发展下去，用不了多少年，全世界热带森林资源就可能被毁坏殆尽。

再说说地球的血液——水。地球上的水在一天天减少，可利用水在一天天变质。水是很宝贵的，假如地球上没了水，就如人没有水喝而脱水致死；植物也会没有足够的水分枯干，到那时地球就不叫蓝水星了。现在我们面临着水资源的污染，这就好比人类的血液出现了杂质，出现了病变，一旦这种病扩散，地球就很难得以挽救。

地球虽然有70.8%的面积为水所覆盖，但淡水资源却极其有限。在全部水资源中，97.5%是咸水，无法饮用。据联合国公布的统计数据，全球目前有11亿人生活缺水。

石油是地球的脂肪，是供给人类生存的资源。假如说没有了脂肪，也就没有了人类富有的地球，首先汽车燃油时代宣告结束，一切石油产品不复存在，人类的能源需要重新寻找。

地球上的石油石油资源是一种不可再生能源，尽管科学家们最近考察表明这种能源在地球上依然在不断生成，例如在墨西哥湾、黑海等地，但其生成的速度，不是以年计算，而是要用地质年代来计算，因此这是一个十分漫长的过程。

全世界石油还能用多久？多年来，专家们对此有不同的结论。多数专家认为，石油时代至少将持续两三个世纪；持悲观态度的专家则认为，石油匮乏之势迫在眉睫，如果不努力开发替代能源，将会出现悲剧性后果。

山是由地球内力与外力作用的相互调节下形成的。地球上有五种不同类型的山脉——褶皱山脉、穹形山脉、断块山脉、火山山脉和高原山脉。

这些山脉形成了对地球表面乃至地球深层结构的支撑作用，它们无疑是地球的骨架，如果山脉被人为破坏，那就改变了这个结构，地壳就会变得不稳定。某个地区地壳稍微出现游离，就会出现大的自然灾害。

请保护如你身体一般的地球吧，不要再挥霍她，不要再伤害她。应该珍爱她，让她伴随人类，直到永远！

永远的胜利者

翻看奥运史册，有一个闪闪发光的名字让人为之一振，这就是德里克·雷德蒙德。

这个出生在英国布莱奇利的男人。在 1992 年西班牙巴塞罗那夏季奥运会 400 米赛赛场上书写了男人的尊严，为世界所感动。

西班牙巴塞罗那奥运会之前，雷德蒙德由于训练受伤，接受了五次手术。开赛前四个月时间，他说服了医生，重返训练场。

来到巴塞罗那，雷德蒙德表现得很好，在第一轮比赛中，他名列第一，并且进入了半决赛。在半决赛比赛中，雷德蒙德的起跑很不错。但是，在离终点还有 150 米的时候，惊人的一幕出现了，他的右脚跟腱伤势复发，他猝然倒地，无法站起。可是，当他看见医护人员拿着担架朝他奔来的时候，他猛然跳着站起来，回到他的跑道，他要下决心完成这场比赛。他强忍着疼痛一步一步地向前挪动，但他已经没有办法以正常的姿态再跑，只能一腿着地，一腿虚撑着，一瘸一拐的慢步向前。

大家惊呆了，他是要把这段赛程比完，他是想到达终点，他是不要命了！

这个时候，看台上刚才还为雷德蒙德加油的吉姆，发现了自己儿子的情况，忍不住跳下看台，冲过道道警卫的阻拦，咆哮着跑到雷德蒙德面前，毅然搀扶起儿子，两人慢慢地奔向终点。

看台上沸腾了，为雷德蒙德鼓掌，为他可敬的父亲鼓掌。就在离终点前不远处，老爸突然放手，远远地离开，他是决意让儿子自己来完成最后的一段，让他自己通过终点线啊！现场65000名观众被这画面所感动，所有人都起立为这位坚持奥林匹克精神的运动员鼓掌致敬，也为这位伟大的父亲所表现出的父爱致敬，赛场上响亮着雷德蒙德的名字，全世界屏幕前观看比赛的观众也感动得热泪盈眶。

人们都为一个事情所感动着，心里都默念着一句话：一个人不在于是否得奖，在于的是这个人是否刚强。在巴塞罗那奥运会上雷德蒙德成了最后一个到达终点的"胜利者"。他坚强无畏向着目标奋进的事迹不但鼓舞着奥运健儿，也鼓舞者全世界的人们。

中国奥运史上从始至终都不乏坚强者。1932年洛杉矶奥运会，是国人一个不堪回首的回忆。在爱国将领张学良的资助下，大学即将毕业的刘长春只身漂泊海上21天，已经严重脱水虚弱不堪的他走进了洛杉矶运动会的开幕式现场。面对一个人的国家队，看台上全是异样的眼神、陌生的目光，但是他不卑不亢，完成了自己的项目。1936年的柏林奥运会，中国队没有比赛经费，贫穷的中国无法支付体育的开销，但是，中国人那种不服输的精神，仍然激励着大家坚持奥运精神走下去。中国代表团在比赛开幕前两个月就乘船出发，途径东南亚各国，沿途卖艺筹款！进入撑竿跳决赛的中国运动员甚至没有一根属于自己的撑杆，每次比赛都得向外国运动员借用。面对这样的尴尬和困窘，中国运动员始终没有放弃过，这是怎样的一种坚强啊！

如今，中国奥运健儿，面对强大的对手，在世界赛场上，创造出了一个又一个奇迹！在五环旗下扬眉吐气的中国健儿多次满含热泪地高唱中国国歌！2008年，我们在国力强大的基础上，承办了奥运会，从开幕式到比赛进行的日子，无一不体现中国人的坚强。

人生如赛场，只要呼吸没有停止，奋斗定有结果。在困难面前最需要的是男子汉最具备的铮铮硬骨，最需要的是人的信心，最需要的是理想目标，有了永不放弃的精神，再困难的情况下，也会创造奇迹。

永不言败，你的人生就会永远精彩！

第三辑

思考：心空如诗

　　善于思考，就能参透人生；心空如诗，则能享乐人生。留恋，月光中的对酌小吟；倾听，尘世之外的绵绵絮语；涉足，他山幽径里的诗情画意，就能不倦不疲。

心容乃大

去寺院拜谒，总喜欢把脚步停在弥勒佛像前，或观瞻或留影。常常被弥勒佛笑容可掬的神态所感染，看不过三分钟，即不由自主捧腹大笑。

弥勒佛一般供奉在四天王殿，他的身后一定有韦陀的塑像。香客进入庙宇，先见到的是弥勒佛的笑像，表示对来者的欢迎。

开口常笑笑天下可笑之人

大肚能容容天下难容之事

这是弥勒佛身边的一副楹联，凡人多念几遍，大多能生出诸多的感喟。但，人和人的知识底码及经历不同，感悟理解也就有了层次。

大肚能容除了我们所说的宽容之意外，还有更为广博的意义。

老百姓所说，这个人心里装不下事，小心眼儿，就说明这个人心里不能容事。

生活中往往出现这样的现象，同事间因鸡毛蒜皮的小事闹得沸沸扬扬，闹得不欢而散，事后谁也觉得不应该。如果谁也能在遇事之时忍一忍，宽容对方的一些缺点和过失，那就会化干戈为玉帛，世界就会变得和谐而美好。

正所谓，心小了，小事就大了；心大了，大事就小了。

历经世间多少沧桑事，多少风风雨雨，内心依然祥和阳光。大其心，容天下之物；虚其心，爱天下之善；平其心，论天下之事；定其心，应天下之变。大事难事看担当，逆境顺境看胸襟，有舍有得看智慧，是成是败看坚持。

有一次去宁波的佛门圣地，有一尊玉弥勒佛修的是佛光四射。据说，弥勒佛原是宁波奉化的长汀子布袋和尚。他身胖、眉皱、腹大，出语无定，随处寝卧。杖挑布袋，见物就乞，是物皆收，只进不出，常面善而笑，在笑中收纳，在笑中布施。凡事以笑的姿态面对，所以，他的诸事也就好办。

世上之事没有什么大不了的，仇大，是吧，但还可以一笑泯恩仇呢。给别人以笑脸，别人就会给你以阳光。

但是，要想笑起来，没有个宽广的胸怀谈何容易？这宽广的胸怀也是需要修炼才能得的呦！

如果你想修炼"弥勒之笑"，想修成弥勒之心胸，那么，就应该参悟"心容乃大"这四个字的深意。

心空如诗

心空如诗，亦似水。时而萦回曲折，时而平静如镜，时而清幽沉思，时而激荡飞扬。

往事不堪回首，人生聚散无常。但，乐观豁达的我总能在烟霭朦胧中寻得一缕曦光；在辽远深邃的时空中扶得一方荧石；在沉醉迷蒙中识得北斗星光。

其实啊，我最最不想的是——在雾霭沉沉中迷离游走，更不想在浪峰涡底里起伏飘摇。常常这样，留恋——月光中的对酌小吟；倾听——尘世之外的绵绵絮语；涉足——他山幽径里的诗情画意，如此，我总能不倦不疲！

心空如诗。融化在四季里。绿了春草，红了夏花，黄了秋菊，白了冬梅。心路回环再回环，周而复始，总是亢奋走过。心空时常瓜果飘香，赤橙黄绿，有春桃夏杏之酸涩，有秋梨冬枣之甜香。心空百花园里，幽兰在心之曲径处芬芳，玫瑰在心之田绽放，总想，让红花绿叶在心田心空里灿烂辉煌。

心空如诗。漫步在城边河岸，思绪随小河水缓缓流淌。散步出散文，跳舞生诗歌。这大自然就是创作的源泉。踱回小楼里，键盘上舞动的是美文里的精灵。心风摇曳轻吹拂，心云成朵漫卷舒。似水的诗境，流驻心海；似雨的诗情，敲打心窗；似闪的诗意，点亮心眸。

心空如诗。陶醉在书海深处。时而"悠然见南山"，时而"雨打芭蕉"，琅琅自咏，咏而小酌，微醺又何妨？"大漠孤烟直，长河落日圆"，天高云淡，黄沙漫漫，袅袅孤烟，烟不散；塞外单飞雁，日落天凉雁未还。这时，漂泊之人独自踯躅在苍凉的旷野上，心之空可就真的成空了。

心空如诗。感伤在情愫里。花开花落，有喜有忧有伤；潮生潮灭，有无奈有感怀有怅惘。诸多情绪，曼妙着人生境界，熏染着人生的色彩。一路跋涉，诸多经历丰富着心的内存，扩容着心海，辽远了心空，纷繁了心情。诸多情愫，在扩容的心空中淡然，释然，坦然，安然起来。其实，这一切一切的情愫也曾欣喜过我的键盘，也曾忧伤过我的文字，也曾黯淡过我的画卷。然而，我的键盘敲得更响了，我的文字长大了，我的画卷更为美丽了！

然而，一切都会成过往，心容乃大，心大乃万物藐。

如诗般的心空啊，常有蓬勃春芽遇暖萌，有雨打芭蕉夏葳蕤，有深谷幽兰暗香动，有圣洁馨香曼妙风。心空里，不都是草长莺飞风飘絮，也有那傲雪凌霜不老松。

这，就是我如诗般的心空。

有感于人生八苦

某日，和一高僧交谈，谈及人生之苦，他说："生，老，病，死，爱别离，怨长久，求不得，放不下。乃人生八苦。"

我笑道："哈哈，这么多苦啊。我一苦都没有感觉到呢。"

他端详了我，说："知道你为什么感觉不到人生之苦吗？这取决于你的面相。"我感觉这僧道之人要借此忽悠我了。我于是不屑地笑笑。

看我这样，他双手搬正我的头，又仔细地审视一番说："你面带喜相和菩萨相。"

我说："何以见得？请赐教！"

他说："你额头开阔，脸色红润，眼眸清亮。尤其是你眉宇中间的那颗清晰的痣，是特有的面善之相，则有菩萨之心。"

回到书房，看了看我的面相，又将他说的这人生八苦书写成大字，一一端详。突然看出点所以然来……

首先，生之苦。新生小人儿，虽"受胎之时，在母腹中窄隘不净"，又遭遇生之艰难，于是"苦哇、苦哇"地来到尘世，但如破土而出的小苗，遇阳光空气就会快乐成长，还有何苦而言呢？生活生活，生下来就生龙活虎地活着，生命充满了蓬勃的活力，无论身体和思维，每一天都有着新的变化，少不更事，但看到父母快乐的表情，也许就自然没有了苦意，反而有了咧嘴之笑。

老之苦。"从壮至衰，气力羸少，动止不宁，精神耗减，其命日促，渐至朽坏。"这自然是苦，但是我不觉得，虽然已是知天命的年龄，身体还算硬朗。每天迎着朝霞去跑步，披着晚霞去遛弯，是我的习惯。儿子有成，学于名校，妻子健康，常伴书香。我闲时码字写文，著书立说，也算有所事事。老了，晚辈以"老"字称呼，学界以专家相待，到哪里都有人让座儿，餐桌上人们纷纷敬酒，岂不乐哉悠哉？

病之苦。"四大不调，疾病交攻"，人吃五谷杂粮、猪马牛羊、鸟兽虫鱼，甚至不小心吃了农药鞋皮，能不生病吗？病了，可以放下一切手头儿之事，专心调养。小病无碍，大病无惧，男人之慨，死者已矣，何患病来之苦呢？家人若病，悉心照料，百般呵护，真情凝注，能感受患病见情重，这也是生之大乐啊！

死之苦。因疾病寿尽而死，该死；遇恶缘大灾而死，无奈。死了死了，一了百了。生命学证实，人在死的最后一刹那是不觉痛苦的。人哭着出生，笑着离去。死时杂陈全弃、百痛皆消、万念俱灰，想到的都是美轮美奂的仙界，所以，总是表现的乐以辞世。民间有耄耋老人之死是喜丧之说，佛家有少之死早超生之说。总之，以勇敢之心面对死亡，死又有何惧？

爱别离之苦。"谓有情人离散不得共处"是年轻人最为苦恼之事。是啊！有爱是缘分，前生的五百次回眸换来今生的擦肩而过。

何况现在年轻人的爱岂是一个擦肩所能涵盖的？其实，看你怎么想这事，不爱了，别离了，无法挽回了，就当作一种美好的回忆吧，何必伤感呢。爱别离之苦若认为是苦则苦痛难消，如果觉得是一种理解，是一种念想，是一种彼此的解脱，那就是快乐。毕竟曾经爱过，离别后的念想也是财富，而这种财富不一定谁都有。

怨长久之苦，是小肚鸡肠人的苦。大度的人是没有怨的，抿嘴一笑解怨仇，人生短暂，世事无情，何必为怨而苦呢，积怨太久双双受伤，或招惹是非，或引来大祸。想来，我们中华民族历来是大度的，是不记怨恨的，是以理解之心化解诸怨的，所以才得以和谐发展、蓬勃延传。

求不得之苦。世上之求最最迫切的是情感和金钱，从古至今，所求之事很多。

尤其是男女之求，这种情感亘古悠长。《诗经·关雎》中就有"窈窕淑女，寤寐求之。求之不得，寤寐思服"之句。这是古代人之苦，现代人想求则立刻去求，有爱马上言爱，有求不应则再去寻觅，世上何处无芳草，何必一颗歪脖子树上吊死呢？金钱有则多花，无则少花，只要本分从业，良心求钱，在这个市场经济时代是不担心钱不来的。当然所求甚多，求贤若渴之苦似乎是三国时候的事情。有追求不是苦而是乐，是乐此不疲的执着之乐。

放不下之苦是最应该"放下"的。释怀是佛家之词，也是做人的法宝，该放下的一定要放下，该舍弃的一定要舍弃。当今的诱惑很多，不学会放下，那必定是吃亏的。金钱有了不贪、不淫，官架子有了放下，你才是好官。平民百姓也是要懂得放下的，没有放下之心，就有心累之事，不放下就不能轻松，不放下就不能重新提起。有一佛界之人，带发修行，还俗不弃道，生儿育女后还是佛珠绕颈，口念弥陀佛。问之，则曰：该放下则放下，心中有佛就可以，于是他干脆将自己的陈姓改为姓释。

　　感谢人生这八苦吧，它让我们体验了什么是喜怒哀乐，什么是悲思惊恐。有了这些体验，人生才有意思，如果没有了这些，木头般的活着，还有什么意思呢！

孟子的快乐观

穿过 2300 多年的风风雨雨，孟子的思想依然熠熠生辉。

孟子有三乐，晓之，大有裨益。孟子曰："君子有三乐，而王天下者不与存焉。父母俱在，兄弟无故，一乐也；仰不愧于天，俯不怍于人，二乐也；得天下英才而教育之，三乐也。君子有三乐，而王天下者不与存焉。"

孟子认为，常人胜过帝王的最大快乐有三种，即父母健在，兄弟平安；做好人，上不愧对于天，下不愧对于人；得到天下有上进之心的人并教导他培养他。

乍看来，"孟子三乐"实在是有些肤浅。这样的快乐太容易得到了吧？算是有追求有抱负的人生么？当走过人世的坎坎坷坷，当历经岁月的雨雪风霜，铅华洗尽，删繁就简，我们发现，这些朴素的快乐看似寻常，却难能可贵。

放眼周边，多少人"子欲养而亲不待"，给予自己血肉的双亲不幸早早离开人间，从此只能木然地望着墙上的挂像，空留"何方话娘听"的遗憾；多少人，手足情深的兄弟姐妹反目成仇，虽存犹死；多少人欲壑难填贪心重，到头来，身受羁押万事空，风吹草动心颤颤，诚惶诚恐度余生；而有的人满腹经纶，学问深深，却终未遇上一脉相承的衣钵传人，一肚子学问跟随肉身化作一缕轻烟。如此人生有快乐可言？

细想来，平凡而质朴的"孟子三乐"的确道出了快乐人生的真谛。家庭平安乃能无忧，问心无愧方才安宁，得天下英才而教育之则是享受，一个人如能获此三者，快乐自会如同清泉之水汩汩流淌，常伴左右。奈何，我们身边有的人迷恋于觥筹交错日日醉，靡靡笙歌夜夜欢，天天麻将声声赌欲狂，不顾小来不管老，无暇回家常看，懒得与父母聊天、与兄弟谈心；有的人一味追名逐利、损人利己，无视头顶上的朗朗星空和内心的道德底线。他们全然忘记了，孝顺父母不能等待，健康与生命千金难买；他们忘记了，人就该活得像一个大写的人；他们忘记了心之无愧，才能"君子坦荡荡"；他们忘记了"授之于人"既是感恩与回报社会，也能在薪火相传中延展自身生命的长度。

家庭的平安和谐、自身的行为修养、对社会的回馈感恩，孟子眼中的三大快乐居然是一个立体式的合理架构，它们共同组成了一个完整的人生格局！

质朴的往往是真挚的，真挚的往往是珍贵。时光虽久远，"孟子三乐"却因其质朴真挚而动人心魄，至今闪耀着智慧的光芒。

今天我快乐吗

　　幸福快乐，是每一个人向往和追求的。

　　拥有乐观心态是人走向成熟和伟大的标志。用心营造快乐的心境，快乐地过好每一天，用乐观的姿态品味生活，从生活的点点滴滴中寻求小快乐，久之，心空一定会蔚蓝一片，光彩四射，心宴一定会高朋满座，有滋有味儿。

　　因此，每当夜深人静时，你都要完成一道特意准备的题，那就是，想一想，今天，我快乐了吗？把找寻快乐当做每天必作的功课。然而，也许有人觉得这个习惯是很难做到的，不要着急，慢慢养成，一定能快乐一生。

　　我认为，要想快乐，首先要培养自己快乐的个性。

　　有位作家说过："一个人的性格决定一个人的命运，如果说你喜欢保持你的性格，那么，你就无权拒绝你的际遇。"

　　是啊，性格决定命运，命运链接着际遇，际遇裹挟着心态，心

第三辑　思考：心空如诗

态决定着快乐与否。

我还觉得，快乐的心态和独立自主的人格是相伴而生的。是想，一个人的思想不能为自身的行为做主，依赖别人的喜怒哀乐而活着，甚至没有资格去选择自己的兴趣和爱好，这样的人，一定是不快乐的。

快乐心态的磨炼不是一蹴而就的事情，它是在反复感喟和咀嚼生活的酸甜苦辣中，在大彻大悟后才形成的。每个人都有爱憎、喜怒之情，这是再正常不过的了。世上也没有绝对的好与坏，每件事情都能一分为二地对待，就看你从事情的哪个角度去分析判断了。"祸兮福所倚，福兮祸所伏"，既然这祸福不定，那为何不放平心态乐观面对呢，乐也是一天，苦也是一天，用乐观的心态面对当下，也许比苦恼换来的有益的东西要多。

总是感觉，人格也能决定人的快乐元素，优良的人格总能做出合乎情理的事，也能赢得他人的钦佩，获得快乐的指数就高。依托优良的人格，什么事情想好了就做，而不是瞻前顾后，患得患失，在犹豫不决中苦恼徘徊，更不是在懦弱的个性中，体验烦恼和焦虑。

林黛玉优柔寡断，生性多疑多抑郁，落得个香消玉殒潇湘馆；王昭君大义凛然敢作敢为出边塞，红颜一笑泯恩仇，敢为世人怜。

舍得是乐观大度之人所追随的境界。它虽然是佛家禅语常用的词汇，但也可作为一种人生哲学来使用。因为它饱含着为人处世的哲理。就像杯中水，只有喝得下才能装得下，只能喝得完才能盛得满。

凡夫俗子活在尘世间，有太多太多的欲望，金钱、名利、情感……，追求想得到的，固然没有什么不对，但是欲望是不能膨胀的，永不知足，那快乐就会离你而去，苦恼就相伴而生。不珍惜拥有，一味的追求不该追求的，那在得到许多之时，一定也就失去了许多，得到了物质财富，失去了精神财富，那就成了富有的穷人。

世上有一个说法是：苦恼是自找的。那么反过来就是快乐也是自找的。调查发现，快乐的人能每天多给自己一点快乐的理由。要想达到这个程度，追求快乐的主动权应该由自己把握。

营造快乐的情景是每天要做的事情，主动去做自己认为对的，应该是快乐的源泉。比如做好事后的满足感，取得成绩后的成就感，追求正当情感后的幸福感，等等。每天做一些获得快乐和满足的小事，天长日久，也就积攒了大快乐。譬如浇灌了一颗小苗，挽救了一只麻雀，为他人撑起了一把小伞……诸如此类的小事好事，尽可以去做。

以满足充实的心态过好每一天，你就是快乐的。我很喜欢"心净"和"心静"这两个词，其实啊，只有心净如水才能求得心静，心静了保持一种恬淡的心情，才能安心地享受生活的乐趣。

纯洁的心境是心灵的歌，她能唱出最最动听的曲调，能愉悦自身，也能愉悦他人。

教给你一个摆脱苦恼的诀窍，那就是每天面对镜子中的自己说：喂！老朋友！今天，您快乐了吗？

拥有的与失去的

有一天开车出门，看到前方一辆豪华奔驰车横在路的中间，挡住了半个路，过往的车子都缓缓绕其而逆行。愤怒的司机们在即将对这豪车骂出口时，却意外发现车子里有一个年轻漂亮的女孩儿趴在方向盘上哭。看到这样，人们在摇头驶过之时，也许和我一样，都有一个疑问：开这么豪华的车子，长得这么漂亮，还有什么不知足的，哭什么呢？

人们也许在疑问的同时，按照电视剧上演绎的思路，为她编制出一个个虚拟的故事：

一个富二代留守女孩儿，忙碌的父母顾不上照顾她的生活，她跟着奶奶过。缺乏监管的她为了打发寂寥的时光，开豪车，逛酒吧，成天游荡于网吧舞厅间，让人骗了一次又一次，失意再失意的她不哭才怪呢！

一个漂亮的女大学生，凭着脸蛋儿傍大款，大款为了讨好她，给她买了辆奔驰。在大款有了新欢之后，她开着奔驰净身出户，流落街头，不哭才怪呢！

路过的白领女司机也许给她以同情，编出另一种题材的故事：

一个大学生，凭着自己的学历和实力成就了一番事业，房子有了，车子有了，但是忙碌的她常常忽略男友的情感，于是感情没了。望着逃离自己的男友，她不哭才怪呢！

由此，我们想到了生命中拥有的与失去的，也就是得失观。得失得失，有得就有失，有失也有得，生命的意义并不在于拥有什么，而是在于我们可以放下什么，欲望和充裕的条件对于心安也许不是必要条件。

有人做过幸福指数调查，得到的答案是啼笑皆非。幸福与否应该没有统一的标准，你不能用现代统一的标准去衡量七仙女和董永、郭晶晶和霍启刚这两对夫妻到底谁幸福。幸福与否不是在别人看来如何如何，而应该是自身感受如何。

也正如所说，生命在于内心的丰盈，而不在于外在的拥有。换句话说，无数事实证明，真正的幸福与快乐并不在于你拥有多少外在的物质，而在于你的内心容纳了多少美妙而又健康的情愫。人的一生往往在拥有和失去中徘徊，生命的过程其实也是不断拥有和失去的过程。历经这个过程后，你就能意识到，获得幸福与快乐的关键不只是追求，而是在适当的时候学会放弃，有一颗平常心，拥有该拥有的，放弃该放弃的，生命才纯然无邪。

无数的贪官最终也许都有在"奔驰上痛哭"的经历，坐拥几处豪宅，卡上有了数也数不清的存款，不敢存入银行的现款在案发时累坏了多台点钞机。最终却失去了自由，甚至生命。

所以，人啊，要有健康的快乐，也就是正常的快乐。应该有一颗"不以物喜，不以己悲"的淡然的心。如果某种外在的因素影响了我们内心的快乐与幸福，那么就要摒弃，即使你很想拥有，也该决然放弃。有时候内心的丰盈比物质条件的丰厚更值得重视。

苦苦追求、艰苦奋斗而得到了梦想中的豪宅和大量财富，这无疑是幸福的，是内心踏实的。但是，如果内心不知足，陷入有钱后的空虚，一样会不幸福。奋斗过程中也该学会放弃，人生过程如爬山，负重越多就越不能爬高，拥有的太多，就失去了登高而望的享受，如果学会了放弃一些东西，放弃那些冗繁、多余的外在物质，就会达到幸福的巅峰。

多思考"拥有的与失去的"这个话题，你就会得到超然而愉悦的人生。

忘我与成功

1858 年，瑞典的一个富豪人家的女儿患上了一种罕见的瘫痪症，丧失了走路的能力。一次，女孩和家人一起乘船旅行。船长的太太很可怜这个孩子，常在闲暇时给孩子讲故事。有一次船长太太对孩子说："船长有一只天堂鸟，美丽极了。"孩子很喜欢鸟，反复追问。于是，船长太太绘声绘色给她讲了天堂鸟的可爱。孩子听完后，就被这只鸟迷住了，极想亲自看一看。于是，保姆把孩子留在甲板上，自己去找船长。孩子耐不住性子等待，她要求船上的服务生立即带她去看天堂鸟。那服务生不知道她的腿不能走路，而只顾带着她一道去看那只美丽的小鸟。奇迹发生了，孩子因为过度地渴望，竟忘我地拉住服务生的手，慢慢地走了起来。从此，孩子的病便痊愈了。女孩子长大后，又忘我地投入到文学创作中，最后成为第一位获诺贝尔文学奖的女性，她就是茜尔玛·拉格萝芙。

有关她的诺贝尔文学奖获奖记录是这样写的：茜尔玛·拉格萝

芙，1909年诺贝尔文学奖获得者，她是瑞典第一位得到这一荣誉的作家，也是世界上第一位获得这一文学奖的女性。获奖作品：《骑鹅旅行记》。获奖理由：由于她作品中特有的高贵的理想主义、丰饶的想象力、平易而优美的风格。

如果说，当年茜尔玛·拉格萝芙的能奇迹般地站起来是因为忘我而超越自身的束缚，释放出自身最大能量的话，那么，她后来走向成功的忘我则是理想信念支持下的这种能量的持续发挥。

古今中外，许多成功人士就以忘我的精神，做出了前无古人后无来者的卓越贡献。

忘我是一种心灵的洒脱。庄子《逍遥游》"抟扶摇而上者九万里"，他忘我而幻化无方，他意出尘外而"鬼话连篇"，他豪迈地说出"至人无己，神人无功，圣人无名"，将自身处于忘我的境界。不管功名富贵，不管得失荣辱，只有洁身自好，才能塑铸人格高标。

忘我是一种精神的执着。贝多芬双耳失聪，奏响和谱写的是动听的旋律，给自己留下的是心灵的歌。他在无声的世界里，用灵巧的手在黑白键上敲出激情，敲出爱意，他追求自由，呼唤光明，以达观的风范，激昂的心态，成就了一位万世闪光的巨人。他的一生是忘我的，是陶醉的，是痴迷的，他自己谱写的曲子，他是听不到的，但他又分明"听"到了，不然怎么能写出那么动听的曲调呢？他是在忘我的状态下找到了真我。

梵高忘记自己的理性，摒弃了一切后天习得的知识，漠视学院派珍视的教条，全然不顾地疯狂涂抹着他钟爱的向日葵，忘我地燃烧着他的激情。他昭示给别人的是追暖逐阳的向日葵图画，他陶醉在一种生机盎然的黄色花海景观中，物我两忘，而在内心深处却忘记了收纳心田里的阳光，以至于让自身毁灭。如今梵高之画作，以一亿七千万的天价，让世人明白什么是艺术珍品。

忘我是一道亮丽的风景。雄视千秋，长卷猎猎，历史的画卷上不乏忘我之人。为民请命，舍生取义的孟轲；纵横驰骋，精忠报国的岳飞；奋不顾身，为变法献身的谭嗣同。黄继光挺胸上前堵枪眼，邱少云烈火焚烧不动弹，焦裕禄心系兰考忘我工作，孔繁森拖着病体为百姓，袁隆平置身田间，潜心科研，不断实践，水稻高产，等等。他们用忘我奋斗、无私奉献的精神把自己的名字擦得鲜亮！

忘我是心灵的洒脱，是精神的执着，是激情的燃烧，是潜心之后的寻觅，更是一种独特亮丽的风景

夕阳如曦

早晨，曦光微露急上班。

看到路边晨练的老人们，男男女女的一袭白衣红带悠然悠然地学打太极拳。很是羡慕，突然有了退休的期冀。不用急于上班，不用为琐事着急，专注于一招一式地锻炼身体，不管生命的长度，但求生命的质量，岂不是很美的时光吗？

然而，上班后，看了一篇刊头文，这种慕老思想又消失殆尽了。

小文大概是这样的内容：赵慕鹤40岁当学校工友，75岁当背包客，畅游英、德、法国，93岁到医院做两年义工，95岁考上研究所，98岁拿到硕士文凭，名列吉尼斯纪录，100岁，他的书法被大英图书馆收藏，101岁在香港办书法展，并且成为畅销书作者。他的人生信条是：活着必须创造奇迹！

多么震撼的人生记录啊！比较我退休即歇的思想而言，简直有天壤之别。

曾有退休即是人生二次创业大好年华之说，因为无论是知识、社会经历还是对人生的认识程度，在 60 岁都达到了人生至高的境界。

57 岁的石油大王洛克菲勒退休后，几乎将全部的精力放到了发展慈善事业上。被称为"亚洲第一流医学院"的中国北京协和医院即是洛克菲勒基金会捐款修建的。他退休后又活了 41 年，创造了他人生的又一个辉煌。他的子孙继承了他的事业，洛克菲勒家族也成了美国 10 大超级富豪之一。

众所周知的囚蒋英雄张学良将军恢复自由后曾写过一首打油诗"不怕死，不爱钱，丈夫决不受人怜。顶天立地男儿汉，磊落光明度余年。" 晚年的少帅焕发了"童真"风采，他乐观风趣，别人喊他为"英雄"，他自嘲为"狗熊"。他能把握人生信念快乐度余生，2001 年，102 岁的张学良肺炎发作，呼吸困难，被送入急诊室。他到生命的危机关头只说了一句话："上帝的恩典够我用了。"仍然不忘幽默一把。他就是这样，从没有把自己当作垂死之人，所以，他才以阔达的胸襟和年轻的心态长寿而终。

以晨曦般的心态面对夕阳余晖是人生最伟大的信条，有了这样的信条，夕阳也会变得充满活力。把人生的夕阳揉入活泼的曦光，生命也就在延长其长度的同时，还延展了有实际意义的宽度。

有钱无病快乐观

李鸿章晚年手书了一帧条幅,上联:享清福不在为官,只要囊有钱,仓有米,腹有诗书,便是山中宰相;下联:祈寿年无须服药,但愿身无病,心无忧,门无债主,可为地上神仙。

李鸿章写的上下联分别提到了"有钱"和"无病"。足见这两件事对人生快乐与否是至关重要的。

改革开放前的大多数国民,过怕了无钱无米无诗意的穷日子。那时候的穷是有原因的,在思想混乱的年代,"一穷二白"和"贫"字曾经是国民引以为傲的字眼儿。

如今,早就幡然醒悟的国民在改革开放思想和富民政策的激励下,神思妙想谋财路,勤奋敬业著华章,改变了囊中羞涩的窘相,呈现出高楼林立,霓虹闪闪;车水马龙,往来翕忽;繁华市井,红男绿女等赛中唐的盛世景象。

有了亩产上吨的高产水稻,有了漫山偏野的瓜果飘香,有了农业生态园里的鲜蔬嫩果。绿色生态旅游，骚人农庄赋诗，这些，让农民开了慧眼、鼓了腰包。李鸿章对联上批中的快乐事得到了实现。

"享清福不在为官，只要囊有钱。"这李老为什么要提到"为官"之事，可见当时"为官"乃为享清福之高标。如今是官有钱还是民有钱已经很难说清楚了，按说官应该大多是无钱的，清官不只是说有清明的为政之风，还要有清廉的生活作风。所以，无论过去和现在，官应该是没有钱的。这样，为官的是否享清福也就另谈了。为清官，为民操心难，每每遭遇棘手事，上火心烦，夜夜难眠，这是清福吗？倒是勤劳致富者过上了有钱、有粮、有诗篇的富足安闲日子，才算是真真享受了"山中宰相"一样的清福了。

我们再看对联的下批，其核心是"三无"，即无病，无忧、无债。这三样是"祈寿年"的根本，三样说来简单，实则很难做到。老百姓常言"人吃五谷杂粮岂能无病？"其实，在中医看来，人若常吃五谷杂粮的话，病就少了。而恰恰是现代人吃杂粮少了，吃杂肉多了。有些人，天天餐桌上是飞禽走兽，猪马牛羊，甚至吃濒危珍奇动物，不管猴啼吮猴脑，不管熊哭割熊掌，杀生成了常事，养生倒为稀罕。如此能不得病吗？

天天醉酒瑶池畔，夜夜笙歌圣水滨。不知道养精蓄锐，透支了生命之精髓，如何不病而早逝呢？

做亏心事成天提心吊胆，做滥情事成天神色恍惚，做违纪事成天辗转反侧，不能静心而行，不能高枕而眠，怎能不忧心扰心而费心呢，心费得多了则心休矣，心不劳作了命则玩完。没有正确的求富心、发财路，只有仇富心、歪财道，这样怎么能安心做事，健康做人呢？

当然，为清官者"先天下忧，后天下乐""忧民忧君"，是精神享受中的一种大乐。做好事而鞠躬尽瘁者，是真诚为人的奉献

113

精神，人民永远怀念他，他的灵魂得以安然。

　　看来，当代的国人，要想乐对今生，笑对来生，需要有一个健康再健康的心态。"山中宰相"与"地上神仙"虽然是梦想，但你我皆可为之。就看你如何面对过去的、现在的和即将到来的一切，包括生活财富、生活阅历和生活准则。处理好了这些，就能实现"人人快乐""天天快乐"的和谐愿景了！

"给予"启示录

"给予"，字典上的解释是"赐予""予以"。其反义词是"接受""取得""索取"。其实啊，这个词的通俗解释无外乎就是"使别人得到"或者"给"之意。

细细分析起来，这个词除了字面意义之外还蕴含着深刻的哲理，"给予"是使别人得到，是单方的"给"，但是，话又说回来，如果你周围的人谁都学会了"给予"，你自己不也就得到了吗？所以，就这点上来说"给予"又是互相的。在弘扬大爱的今天，"给予"思想不可或缺，如果缺少了给予，只知索取，那么这个世界就会变得贫穷，就会变得自私冷漠，就没有了和谐，甚至就会战火频起。

想到了一个故事：很早以前，有个人跋涉在茫茫戈壁中，他突然发现自己迷失了方向。他走啊走，试图走出去，头上是炎炎烈日，脚下是滚烫的流沙，他受尽煎熬、饥渴的要死。生存的本能让他仍然拖着沉重的脚步，一步一步地向前挪动。终于，一间废弃的小屋出现在眼前。这间屋子已久无人住，失管失修，风吹日晒，摇摇欲坠。在屋前，他发现了一口汲水井，于是使尽全力抽水，可滴水全无，他气恼至极。正无可奈何之际，忽然发现旁边有一水壶，壶口被木塞紧紧塞着，壶上有一纸条，上面写着："你要先把这壶水灌到汲水器，然后才能打水。但是，请记住，在你走之前一定要把这壶水装满，将塞子塞上。"他小心翼翼地打开壶塞，果然里面有一壶水。这个人犹豫了，他舔着干裂的嘴唇，面临着艰难的抉择：是不是按纸条上所说的，把这壶水倒进汲水器里？如果倒进去之后汲水器不出水，岂不是白白浪费了这救命之水？相反，要是把这壶水喝下去就能暂保自己的性命。一种奇妙的灵感给了他力量，他决心按照纸条上说的做，果真汲水器中涌出了泉水。他痛痛快快地喝了个够！休息一会，他把水壶装满，在纸条上加了几句话："请相信我，纸条上的话是真的，你只有把生死置之度外，才能尝到甘美的泉水。"

这个故事告诫我们："给予"精神是很重要的，每一个人在索取的同时都要首先想到"给予"。只有让"给予"延续下去，才能人人受益。一旦"给予"的链条断裂，那么"索取"也就不复存在。

小时候，在农村，邻居家有了春桃就给我们一碗，我们家有了夏杏就给邻居家一盆，这就是最朴实的"给予"，这简单的"给予"构筑了和谐的邻里关系。

然而，随着自私自利思想的滋长，有些人只顾索取不懂得"给予"的思想越来越重。自己遇到麻烦的时候埋怨众人冷漠对待，不施以援手，回想一下，自己是否在别人困难时"给予"了帮助呢？

人人都喜欢美的环境，可是人们只知道享受在美中，却不知道"给予"保护，环保意识淡薄，得到的必将是大自然无情的惩罚。

地下矿藏，国土资源，只知道过分开采、占用，满足于一时的私利，却不知道"给予"必要的珍藏和养护，这必将带来资源枯竭的后患。

所以，中华民族要想得到伟大的复兴，只有索取，没有"给予"是万万不行的。

愿"给予精神"在当代发扬光大，只有人人学会了"给予"，才能共同建设美丽富强的中国。

我爱秋之黄

秋天的黄，醉人！

农家房顶上整齐码放的粮仓有她，银杏树林中一地的浪漫是她，一株千穗谷谷穗里蓬勃着她。

钟爱秋之黄，从儿时开始。

曾经的绿换成了金灿灿的黄，玉米熟了，饱受饥荒苦的庄户人笑了。望着挂满秸秆，参差不齐的玉米棒子，他们发黄的脸泛出了红晕，急不可耐地想把这救命的黄收入腹中。生吃嫩玉米棒子，是收割的人常做的事。谷子熟了，农家人开始把小谷镰磨的锋利无比。金黄的谷穗一把把放进篓子里了，小曲儿也就开始唱起来。我小时候管这时唱的歌叫《收米歌》，"金灿灿，亮堂堂，当年小米加步枪，打败鬼子和豺狼，人民得解放，幸福日子万年长，哪个——万年长！"

过去农村是放秋假的，每当这个时候，随意在地里玩耍的孩子很多。孩子们大多去干自己喜欢的事。有时，捕捉大肚子雌蚂蚱，捉住后，点把火烤了，可以吃到喷香的黄澄澄的卵子。有时，去芝麻地里偷芝麻吃，将自己的小褂儿铺在地上，把已经满是黄叶，努嘴露籽儿的芝麻竿弯过来，一磕，芝麻就一颗颗蹦了出来。匍匐在地上，吹掉芝麻叶子和小虫子，就可以用舌头舔了，舔上一舌头芝麻，卷进口中，美美地嚼着，顿觉香甜可口，乐得屁颠屁颠的。有时，去黄豆地里，拔起一颗豆荚全黄的黄豆秧子，捋掉黄叶，挑着满枝头的豆荚，点起一堆篝火烤，噼噼啪啪地一响，豆香出来后，就可以吃烤黄豆解馋了。那个时候，大人们是不责怪孩子的，因为大人们都知道，孩子们不是糟蹋庄稼，而是因为饿。

所以，我觉得，小时候的黄色象征着食物，象征着丰收。

钟爱秋之黄，读《红楼梦》后愈甚。上初中了，偶尔觅得一本《红楼梦》，似懂非懂地翻看多遍。书中佳人才女林黛玉的诗吟得如泣如诉："秋花惨淡秋草黄，耿耿秋灯秋夜长。已觉秋窗秋不尽，那堪风雨助凄凉。……"这是第四十五回写到黛玉在秋分时节犯了肺痨，一天比一天重。一日傍晚，突然变天，渐渐昏黑，淅淅沥沥地下起雨来。黛玉凄凄凉凉地拿起一本《乐府杂稿》来读，看了其中《秋闺怨》《别离怨》之类的诗，不觉心有所感，于是摹拟唐代张若虚的《春江花月夜》的格调写成《代别离》一首，名之为《秋窗风雨夕》。全诗共十句，竟用十五个"秋"字来渲染了秋天肃杀、凄苦的气氛。

其中的"秋草黄"本来是农家孩子们不觉得好奇的事物，却可以入诗，实在是让我不解，带着这个疑问，选了晚秋的一个星期天，独自一人来到旷野沙滩。这里是沙河水道，长长的河道宽约千米，春天常是碧草青青，绿色盈盈。不成想这秋草也别有一番景象：秋风将原来的绿色赶得无影无踪，黄色主宰了这里的一切。蒹草是沙地特有的草类，这抗旱先锋身份的蒹草啊！高约一米，剑一般的黄叶片子，齐刷刷地直竖着，表达着一种昂扬，昭示着一种无畏。骨子经住了风与霜的摧折，皮肤却没能抵抗得住秋的诱惑，通体透着黄色，头顶上的白缨絮早已随风飞去，剩下的是黄的透顶的小叶片。黄色罩满了原野，黄的是那般纯然，那般得意。秋叶之黄原来在这里澎湃着，在这里热烈着啊！怎么也感觉不到诗中的忧伤啊！然而，黄昏乍来，这夕阳的余晖与草之黄辉映起来。夜幕降临，万籁俱寂，孤独、彷徨，甚至恐惧之感悄然袭来。也不免领会了林黛玉的诗，试想一个犹如娇花嫩草的少女，孤单寂寞地住在潇湘馆里，看着身边飘过的黄叶，听着暗夜中秋雨打窗棂，想着自身凄凉的身世和未来渺茫的前程，怎能不肝肠寸断啊！

想来这秋天的黄，还有了诗意。后来也由此爱上了诗，刘禹锡也有《秋词》二首，其中一句是这样写的："山明水净夜来霜，数树深红出浅黄。"把深秋写到了极致。

当然诗中的色彩是很多的，春青夏绿秋黄冬白，随着季节的不同，诗人们绞尽脑汁地对大自然进行贴切的描绘，万物的色彩就在这诗中丰沛起来。

钟爱秋之黄，由偶见银杏秋叶变得热烈。

当秋天来临时，我们这里唯一的秋花——秋菊，也被人们挪进了厅堂。萧条和凄惶充满了人的视野，黄黄的柳叶随风飘落，一切都变得无精打采。唯有银杏树洋溢着蓬勃的黄色，这有着富贵之意的金黄，栖息在公路旁，驻足在校园里，酣睡在苗圃中。城市的环卫工人不忍心破坏这黄叶铺就的黄毯，几天来都不曾打扫，任由兴奋的人们在那里频频拍照，还提醒人们不要摇动树干，提醒人们小心再小心，不要惊走这人人都喜爱的黄。

从银杏叶中看到的秋之黄不同于春之绿，她具备着春天般的生机和秋天里的成熟；也不同于夏之红，她有着令人兴奋无比的热烈和令人冥想后的沉稳。小心地把如小扇一样的银杏叶夹入书页里，好似珍藏了人生的一个季节。

秋空高远，蔚蓝深邃；秋风阵阵，万叶凋零。银杏叶簌簌群落，沙沙地将金黄铺满周身，满地尽戴黄金甲，千树万树黄花开，给人诸多浪漫和令人遐思的幽远意境。在天凉好个秋的感慨中感受到的是大自然的独具匠心给人类制造的和谐之美，这种美无须工匠雕琢，无须丹青者勾勒，是任何一种能工巧匠都不能再造的纯然无邪之美。

其实啊！人的一生又何不如此呀。生命曾有过春草春花一样的生机，有过夏叶夏花一样的绚烂，有过秋果一样的充实。人们常常不愿意将人生比作秋叶，但是你何曾想到秋叶的美是无与伦比的呢？时光如水，匆匆而过，年轻容颜，成了回忆，生命之树，如败花飘叶，一摇即落。但是，既然秋天给了我们黄，我们何尝不让她黄的喜人，黄的灿烂，如银杏树一样，让人瞩目，让人留恋呢？

生命的每一个季节都是一道永不能复制的风景。当你的生命由飘叶换作飘雪的时候，你不后悔，你依然美丽着自己，也愉悦着他人。年轻有年轻的美丽，老也有老的可爱。

这应该是幸福人的哲学吧。

苦是一杯清咖

热清咖一杯，在手，墨香书儿一本，放桌。温情漫漫轻音乐，摇头晃脑颂诗歌。何等的悠闲，何等的自在啊！

提到"清咖"了，从电视剧上趸来的一个词，意为不放糖的咖啡。

总觉得，咖啡不放糖才是真味道；也认为苦菜才是败火的美佳肴；听着"最苦是良药"的俗语长大，人到中年，对"苦"这个词倏然有了感觉。

世人多喜欢酒的甘醇，喜欢喝得痛快淋漓，喜欢醋酸的调味儿、喜欢糖果的甜美。当今的孩子，唯独不喜欢体验苦，也不知道苦的妙处，更是把"吃苦耐劳"视为畏途，避之唯恐不及。

在蜜水里成长的"后"们，对苦的理解就更是肤浅了。他们甚至片面地认为：磨难、打击和损失是苦的代名词，却不懂得苦其实是感悟、积淀与生命的再造。

明朝冯梦龙辑《警世通言》中提到"十年受尽窗前苦，一举成名天下闻。"又言："不受苦中苦，难为人上人。"当然，这是封建社会的人生哲学，过去被批判为追名逐利的"学而优则仕"，但是，也着实说明了吃苦和得到的关系，说明了奋斗的必要性和重要性。

人生苦旅，既然人生旅途遍种苦果，既然人生旅途多坎坷，多跋山涉水，那我们就不怕走狭路、过险桥，就不怕高风浪，凶暗礁。跌倒了再爬起，淹没了再浮出，只要相信前面有美丽的风景，只要信心满怀地上路，总有卸下行囊，洗去风尘，弄潮而乐的时候。

其实，在人生旅途中不只是险象环生，还有化险为夷；不只是暗路漫漫，还有夜尽天明；不只是寒冬凝梅，还有暖春孕蕾。

不知你发现了没有，苦往往和甜相伴而生。忍一忍、熬一熬，加上一分勇气和信心，把心中的希望之灯点亮，就一定能照见你所要奔去的前方。

当然，人人都希望生活得安逸，这无可非议。但是殊不知，生活得太安逸了，不由自主就会缺失自律之心，就会为所欲为；人生活太富足了，勉不了就骄奢傲慢，崇尚浮华。这些，仅"坑爹"之事就足以证明。

"苍鹰清窝教雏飞"，"猛虎驱崽走旷野"，这禽兽明智的行为也告诫人类，受苦是一种生活的必须，不然，稚嫩的生命偶遇一点波折、一点阻滞，就很容易颓废，无法逾越，一旦风浪袭来，就会雏鹰折翅，哀嚎而亡。

苦——痛彻心扉——神志清明——痛定思痛——奋发改变。这是苦演绎出来的情绪公式，按照这个公式，可以童蒙养正，可以老当益壮。吃得苦中苦，也是一种进步，一种修为，一种成长。

当然，某种受苦是因为有的人违背天条人律而造成的，不能一言概论。纵情酒色，暴饮暴食，肠亏体损，浑浑噩噩，受苦也不能明智；触犯法律，伤天害理，不遵守自然的法则，天怒人怨。你不受苦谁受苦？承受错误所带来的后果，得到教诲管束，及时醒悟，使生命中许多困厄得以化解，许多疮疖得以愈合。这种强制受苦也是应该的，更是值当的。

小苦小智慧，大苦大智慧，愿我们的生命在苦中受益。

把受苦仅当作喝了一杯清咖，让你在苦中，头脑得以清醒，身心得以舒爽，又有什么不好呢？

个性与态度说

偶在微博上看到一微友随意发出的心情絮语，感觉很有道理。是这样说的：别把我的个性和态度混为一谈，我的个性源于我是谁，而我的态度则取决于你是谁。

这是一条很惹人眼球的微言，个性和态度在他形象的诠释下，其内涵和外延昭然若揭。

简单地说，个性就是一个人区别于他人的，具有一定倾向性的、稳定性的心理特征的总和，是人类共性中所凸显出的闪亮的那一部分。

可以说，个性是鹤立鸡群中的鹤，是独树一帜中的那棵独树。

有时它熠熠生辉，有时它令人感奋，有时它还令人难以接受。

生活中有的人，虽只谋一面，就给别人留下恒久的回忆。其行为举止、音容笑貌让你历历在目，这个人就是有个性的人。

这样，我们就可以总括地说：鲜明、独特是个性的代名词，是让人记住且难忘的成分。

我们都希望给人留下好的印象，那么，追求个性的完美也就无可非议了。

可是，有时人们对个性也产生一些误解，往往认为一个"倔强""要强""坦率"的人很有个性；而"文雅""平和""柔弱"的人没有个性。这种看法是不对的，至少说是片面的。

我认为，不管是哪一种倾向性的个性特征，不管这种特征是鲜明的还是平淡的，它都表明了一种个性。心理特征人人都有，精神面貌人人不缺少。从这种意义上来说，世界上不存在没有个性的人。个性对于一个人的活动、生活具有直接的影响；对于一个人的命运、前途有直接的作用。

个性能鲜明地塑造出一个特殊的我，一个真我。个性会在这个人身上打上很深的烙印，明码标价地证实这个人的一切。所以说个性源于"我"是谁。

再说态度，这里所说的态度是"我"对"你"的态度。也就是说，人有好坏之分，那么我对好人的态度和对坏人的态度是决然不同的。对好人态度好，对坏人态度不好，这是自然的。那么就此而论，你就知道你到底是什么人了。

这样的推理，很鲜明，很实际。

其实，个性和态度是相互联系在一起的，有时候态度由个性而决定，有时候，个性从态度中显现出来。

人就是一个统一体，尤其是个人情感，每种情感的生成都是互相制约的，性格决定命运就是如此。

“光阴”里的思考

我去太行山深处一不知名的峪中游玩，看到这未开垦的处女地，也是山清水秀。

没有什么人，我和朋友互换着尽情照相，照得多了，就发现一个问题：在山中摄影多是半边脸阴半边脸晴，看看身旁的树，也是朝阳处枝叶繁茂，背阳处枝稀叶疏。仰望远处，一横亘大山也是半山艳绿半山光秃。

这就是“光阴”吧，明亮与阴暗，白昼与黑夜，日月的推移等等，都可以在这大山深处显现。

行于大山深处，一会儿山间一会儿峰顶；闻于大山深处，一会儿万籁俱寂，一会儿百鸟唱鸣；坐于大山石上，看着汩汩水流穿崖而出，听着涓涓溪流顺山而下，很是惬意，感喟自然万物也是有灵性的！这本来司空见惯的现象却引发了我的诸多遐思。

想起了托尔斯泰的一句话：人生的一切变化，一切魅力，一切美都是由光明和阴影构成的。细细分析起来，不难得出这哲理般的思考。世间万物都有阴阳之分，那么光明和阴影就是存在于人的思绪中的矛盾体了，如果给它们再加上比喻和思辨的色彩，那光明对于人生来说可以喻指幸福、成功、希望、美好、愉悦、顺境等等。

如果说有一阳就有一阴，阴阳均分的话，那么世间美好和丑陋，快乐和悲伤也应该是等同的。

然而，我们分明看到，在和谐社会里人们的幸福指数不断增加，幸福的日子越来越多，那么不幸也就相反地减少了呀。这就不能算是对立而行的矛盾体了，而是偏向一方的偏矛盾体。

这就需要辩证地看这个问题，看人们以什么为幸福，幸福的标准如何。

有些人是身在福中不知福，那么，她的幸福指数也许与"知福"人的相差无几，这也许应和了"知足常乐"的俗语。

提到阴影，人们也许想到失败、绝望、挫折等等，关联到所有不尽人意的事情。但是你也许想到失败是成功之母，也许想到绝处逢生，也许想到弯路前面是坦途，也许想到只有跌宕起伏，才能构成层次分明、多彩多姿的画卷。

在幽静的山峪里边走边想，想了很多，过一岔道口，却不知道怎么走了。问一担山老人，他说，那边也能到峰顶，是回环的路。可以这边上去，那边下来；也可以那边上去，这边下来。

他说的绕口令一般，但我听的却是明明白白。之所以不设置标志牌，是因为你走哪条路都是对的。

这正如人生，殊途同归，苦也是人生，乐也是人生。无论如何都是一个归宿，人生也没有回头路。

走在"光阴"里，我首先看到左侧山林茂密，浓荫匝地。气温清爽宜人，山路平缓易行。但是，有大树遮掩却不能看到山景。右侧山石光秃，阳光直射，山路陡峭，山峰连连。用摄像机的远镜头望望，好多入镜之景，美哉妙哉！

我决定先走山之阴再走山之阳。

朋友问为什么，答曰：我们走得大汗淋漓，所以先要在山之阴喘息爽身，再上峰顶，峰顶上有可口山泉，等喝足灌饱之后，再从他山之阳下山，一边下山一边拍摄明丽的风景，岂不是很聪明的安排吗？

果真如我所言，山之阴，凉风习习拌我行，山泉清冽解我渴；山之阳，阳光明媚无遮拦，极尽目光尽凭栏，拉长镜头摄远山，无忧无虑笑连连。

走在人生的光阴里，正如这爬山，有上坡也有下坡，有山之阳，更有山之阴。

阴阳相伴才叫山，高低错落才有景，坎坎坷坷是人生啊！

美丽的拥有

这是演讲者不发出声音的特别的演讲会。

她站在台上，不协调地挥舞着她的双手；仰着头，脖子伸得好长好长，与她尖尖的下巴扯成一条直线；她的嘴张着，眼睛眯成一条缝，诡谲地看着台下的学生；偶然她口中也会咦咦唔唔的，不知在说些什么。她是一个不会说话的人，但是，她的听力很好，只要对方猜中，或说出她的意见，她就会乐得大叫一声，伸出右手，用两个指头指着你，或者拍着手，歪歪斜斜地向你走来，送给你一张用她的画制作的明信片。

她就是黄美廉，一位自小就患脑性麻痹的病人。这个病夺去了她肢体的平衡感，也夺走了她发声讲话的能力。从小她就活在肢体不便及众多异样的眼光中，她的成长充满了血泪。然而她没有让这些外在的痛苦击败她内在奋斗的精神，她昂然面对，迎向一切的不可能。终于获得了加州大学艺术博士学位，她用她的手当画笔，以色彩告诉人"寰宇之力与美",灿烂地"活出生命的色彩"。全场的学生都被她不能控制自如的肢体动作震慑住了。这是一场倾倒生命、与生命相遇的演讲会。

"请问黄博士"一个学生小声地问,"你从小就长成这个样子,请问你怎么看你自己?你没有怨恨吗?"

"我怎么看自己?"美廉用粉笔在黑板上重重地写下这几个字。她写字时用力极猛,大有力透纸背的气势。写完这个问题,她停下笔来,歪着头,回头看着发问的同学,然后嫣然一笑,回过头来,在黑板上龙飞凤舞地写了起来:

一、我好可爱!

二、我的腿很长很美!

三、爸爸妈妈这么爱我!

四、上帝这么爱我!

五、我会画画!我会写稿!

六、我有只可爱的猫!

七、还有⋯⋯

八、⋯⋯

忽然,教室内鸦雀无声,没有人讲话。她回过头来怔怔地看着大家,再回过头去,在黑板上写下了她的结论:

我只看我所有的,不看我所没有的。

掌声响起,看着美廉倾斜着身子站在台上,满足的笑容从她的嘴角荡漾开来,眼睛眯得更小了,有一种永远也不被击败的傲然,写在她脸上。

是啊,"永远也不被击败"是人生的箴言。人的一生好比走路,会遇到很多岔路口,每到一个路口都面临一次选择,而每次选择无不影响着未来。每一个人都会遇到这样那样的困难和挫折,是舍,是得？是放弃，是坚持？充满了辩证法。生活对人生最大的考验不仅是"得"，也有"失"，即放弃。放弃是一门学问、一种艺术，懂得放弃的人才会拥有更多。快乐的人放弃痛苦，高尚的人放弃庸俗，纯洁的人放弃污浊，善良的人放弃邪恶。聪明的人勇于放弃，高明的人乐于放弃，精明的人善于放弃。舍清溪之潺*幽*，可得江海之浩博。经历风雨，未必能见到彩虹；但不经风雨，根本不可能见到彩虹。这或许就是人生的真谛。

美廉正是懂得了放弃，放弃了自身缺憾所带来的心灵之痛，以乐观的姿态感受生活，感受关爱。全身心地投入生活，这样，才会享受美丽的拥有。

第四辑

真情：如家之感

有种情感至善至美，有种情愫至真至纯，这种情感有如孩儿归家，这种情感有如父母之爱，无私无暇。感受人间真情，让最为温馨的挚爱荡漾在我们心间。

如家之感

美丽的胶州湾是一个半封闭型海湾，湾口窄狭，湾内敞阔。聪明的胶州湾人大多有经济头脑，湾内散布着许多价廉物美的韩货商场，便宜得很。

走进一个韩货商场，琳琅满目的商品让我目不暇接，尤其是夏装即实惠又便宜，带着一种得便宜的心理选了六件自以为得意的 T 恤衫，总价才 120 元。

买好 T 恤衫已经是夕阳如血，入住如家快捷旅店，洗了澡，一件件试穿起来。六件都试过了，均感满意，随意选了一件蓝色韩国 T 恤放在床头，打算明天旅游时穿。要收起穿了三天的价格 2600 元的桑蚕丝 T 恤衫时，一股汗味儿扑鼻而来。早就听人说，这桑蚕丝制品是最怕汗渍的。于是，胡乱地洗了洗，挂在储衣柜内，心想，晾一晚，干一些，明早再收起也不迟。

美美地睡了一晚，一睁眼已经是早上六点，六点是要出发的。

推开窗子，外面同行的人已经站在了大巴车旁。急忙穿上昨晚选好的韩国 T 恤衫，得意地看了看，匆忙提起东西出了旅店，挤上了旅游大巴。

上车不久，女游客纷纷小声地赞赏我身上的 T 恤衫价廉物美。说，穿在身上看起来很高档，根本就不像 20 元一件的货。我暗自得意起来，也不说话，自顾自地看着窗外。

透过车窗，我看到，车外掠过的景色清新如画。白色的云朵们在蓝色的天空中追逐着。路旁的绿化带里，不时出现一簇一簇的红花，像俏女人的脸，捉迷藏似的，亮丽地出现，又亮丽地隐去。

车内，无聊的人们还在有一搭没一搭地议论 T 恤衫的事。一个女人小声地唠叨"我丈夫 2000 多的桑蚕丝 T 恤衫穿出来效果还不如人家这 20 元一件的好。"她的声音虽小，但还是如晴天霹雳般冲撞了我的耳鼓。我突然想起了我那件晾在橱衣柜里的，价值 2600 元的桑蚕丝 T 恤衫——我最贵最心爱的衣衫，居然被我不小心丢在如家快捷酒店了！

我急忙看看手机上的时间，离开酒店一个多小时了，也就是说现在车行进的位置至少距离酒店有 80 公里了。我焦虑起来，回去是不可能的了，车上这么多人，不能因为一件 T 恤衫回返的啊。

我于是小声地叫来导游，告诉她我一件高档 T 恤衫丢在了如家快捷酒店。我说的声音虽然小，但在导游大惊小怪地复述后，全车的人还是听见了。

很快，寂寞的游客们以此为笑料议论开了……说的话大多是一个意思，主题无外乎"这个人捡了芝麻丢了西瓜"

幸灾乐祸的人带着惋惜的口气说："2600 元的桑蚕丝 T 恤衫啊，得买多少韩国衬衫啊！""喂，年轻人，是一百三十件儿吧？"

好心人说："你呀还是下车吧，我们在前一个景点儿等你，你打的追赶我们也上算。"

我征求导游的意见，抱着试试看的心理，问他是否有酒店的电话。导游说，他也是在傍晚时，临时决定入住这个酒店的，平常也没有什么来往，没有酒店的电话。

我怀疑是导游知道不说，怕给他找麻烦。

我不说话了，自己甘认倒霉。心想，丢了就丢了吧，怎么也不能影响自己的旅游心情啊，出门了丢东西是常事，自己也不是没有丢过，最多是回家后老婆叨唠两句，回头不知道什么时候又给我买来一件儿。

导游见我有为难情绪，急忙说，你手机不是能上网吗？你搜搜，看网络上有没有胶州如家快捷酒店的电话。

我恍然大悟，急忙搜了，如家是全国联网的快捷酒店，上面有电话。反复记了几遍号码，急忙拨了电话。不巧，那边显示占线。

有人说，你不要白费劲了，那上面的电话也许就是一个永远不通的电话，再说了，你打通了电话，人家能承认你丢东西了吗？服务员看到一个高档 T 恤衫自己不藏起来才怪呢。

"再说，人家谁会费劲跑路邮寄给你呀！"

虽然人们这么说，但是，我还是抱着试试看的心理，过一会儿打一次电话，打了 N 次，那边始终是忙音。

我死了心，自己劝自己心安面对，眯着眼打起了瞌睡。正瞌睡着，导游大嗓门接电话："喂！你谁啊，啊！如家快捷店？对……对……是，有一个人丢了，让他接电话？好，谢谢你们！"

我也听见了这个电话，料定是酒店打来的，我跳起来去接导游递给我的手机，导游边递给我边说："快，人家打了一个小时电话，才找到我们总旅游公司，才知道我电话的，让你说 T 恤衫的特征呢。"

我激动地接过电话说："对，我是失主……灰条纹的，桑蚕丝的，2000多元买的。好，我马上把地址发过去！谢谢啊！"

放下电话，我欣喜地宣布："告诉大家一个好消息，如家快捷酒店要把T恤衫快递到我家。"

同车的人们也似乎就在我说完话的同时鼓起掌来……

母亲那糊涂的爱

母亲跟着我们住在城里的 10 年，是她由 74 岁到 84 岁的老年。她常给人说，到城里跟着儿子的这些年，享的福比在村里的加起来还多。我急忙说："是党的政策好，给儿子长了工资，儿子富裕了，咱们的生活也就好了。"母亲附和着说："还是啊！"说完，脸上堆起甜美的微笑。

母亲是一个很随和的人，无论是做对了受到儿女的表扬，还是做错了遭到儿女的批评，她总是微笑一下，说那句挂在嘴边的话："还是啊！"一笑，就算过去了，不把任何事放在心上。我觉得她总是很唯心地对待儿女说的话，就像儿女小时候唯心地听从她的话一样。

但是，年近耄耋，母亲逐渐糊涂起来，不再听从我们的话，由着性子做事，挨得批评也就多起来。她总是在傍晚的时候站在家门口等我们下班回来，无论是春夏秋冬，无论是刮风下雨，无论天有多黑，地有多滑，我们回家时总能看到靠着大门等候我们的母亲。

每当这个时候，我的心总是一颤，埋怨她不应该在这里等。她视我的埋怨于不顾，急忙转身，说一声"还是啊！"就弓着身子去为我们盛饭盛菜。早就给她下了"停止做饭令"，但是，她也是不听我们的，说什么做了一辈子饭了，这四个人的饭，好做！但年迈的她做饭总是丢三落四的，也曾划开包好的包子滴盐水儿，也曾在烙熟的葱花饼上涂生盐，也曾错将碱面当白糖。每当这事发生，母亲都像做错事儿的孩子，很尴尬地站在一旁，看着我们做善后处理。

82岁那年，母亲做过一件最危险的糊涂事儿。有一天，我在床上睡午觉，一阵急促的噼噼啪啪声把我惊醒，我急忙起身，看到浓烟满屋，窗纱燃火，"滴滴答答"地掉火油，母亲正用笤帚拍打着火苗，笤帚上的枝条也燃着了。我急忙起身，扑灭了所有的明火，正要问惊慌失措的母亲是怎么回事时，母亲却喃喃地说："我看到一个蝇子往你的脸上爬，怕扰醒了你。我赶它，它飞到窗纱上，我就用火柴烧它，不小心把窗纱给点着了。"我说："你糊涂啊，怎么不用蝇拍子拍啊，多危险啊！"她理直气壮地说："用蝇拍子拍？把你吵醒了怎么办……嗨！可还是把你给吵醒了。"我无话可说了，母亲想得可真周到啊！不怕点燃窗纱，却怕吵醒了我，母亲的爱胜于火啊！后来一想，也许母亲情急之下只顾烧蝇子，忘记了窗纱是可以点燃的。但此事以后，我认定母亲糊涂了。

母亲84岁那年的冬天，做了一件更糊涂的事。那年，我们家的暖气突然在三九隆冬爆管儿。白天没有修好，晚上屋子里冷得不得了，我急忙把我床上的电褥子撤下来，给母亲铺上。她推辞说："我没有事，老了不怕冻，你小时候就有脚凉的毛病，娘常给你用身子捂脚，你铺着吧。"我不听她的，执意给她铺上。

当晚下起了大雪，气温骤降了许多。我迷迷糊糊睡着了，蒙眬中似乎感觉很暖和，双脚好像烘烤在火炉旁。

早上，我被一种火辣辣地疼刺醒，感觉痛在双脚，掀起被褥发现，两个灌满水的输液瓶放在脚旁边，双脚已经烫的红肿起泡，一触就钻心的痛。

听我哎呀直叫，母亲双手托起我的一只脚，眼泪簌簌地说："我给你灌了两输液瓶热水放在你冰一样的脚旁边，谁知道你脚这么嫩，还起了水泡，我又错了。这可咋办，疼吧？这可咋办？"

我说："没事，谢谢娘。"

后来几天，看我一瘸一拐地走路，母亲总是显得很惶恐的样子，默默地坐到一边，也不给我说话了。这也是她做的最后一件糊涂事，那年冬天，她终于没有逃过这道"坎"，于享年84岁离我们而去。

现在想来，母亲生前做的每一件"糊涂事"都包裹着无尽的爱，每当忆起，总让我潸然泪下。

母亲去世8年了，随着时间的推移，母亲那糊涂的爱在我的心里越来越明晰。我常羡慕那些有母亲的人——下班回家有娘等，有了小病有娘疼。每当看到别人家门前有一位老母亲翘首以望时，我真想过去喊一声娘！

去往绵阳，前方遭遇塌方

暑假里，中语会有个课题年会在绵阳召开，我带着十六位实验校校长前去参会。

24 小时的火车行程，让十六位年过不惑的校长都感觉到了不爽，窗外大雨瓢泼，提速了的列车撕开一幕幕雨帘在硬着头皮前行。

列车到潼关，突然伴随着嘶哑的刹车声戛然而止，人们惊呼着，桌上杯子里的水跳了出来。

很快，喇叭里传出列车播音员镇定的声音：各位旅客，我们这趟列车前方不幸遭遇塌方，列车长请各位安心坐在自己的座位上，不要随意走动。请大家保持镇定，请大家保持镇定！

这两次"请大家保持镇定"却起了反作用，人们的情绪反而不镇定了。好事的人们起身凑到窗前，想透过窗玻璃看个究竟。

我坐在窗的位置，不用细看，就知道火车处于大山之间，两边高耸不见顶，右前方是深不见底的山涧，从火车后方涌来的水流直接栽入了山涧，轰隆隆的。不一会儿，大雨裹挟着山上的腐叶乱泥袭向了车窗，这下午2点，就恍如到了夜晚，漆黑一片。感觉瓢泼大雨中的列车晃动起来，不安一点点袭上心头。

车内不知道什么时候安静下来，所有的人都静默着，一位带佛珠的僧人口里呀呀有声，似乎祈祷风不要再狂刮，大雨停下，路马上修好，车立刻启动，施主们个个平安。

前方传来消息，说部队官兵已经赶来抢修。

一个小时过去了，两个小时过去了……人们开始了漫长的等待。本来就有的浮躁之心也越来越膨胀起来，身旁有个小伙子开始骂娘。

不一会，列车服务员给人们送来了开水，她甜甜地笑着。又过了一会儿，餐车服务员给人们送来了晚餐，依然笑得很甜。

火车上居然有我爱吃的小青菜面叶儿，这是难得一见的。喝一口，微微带着香油醋味儿，觉得像儿时感冒后，娘做的姜汤，吃得鼻尖儿汗津津的，喝得心里暖暖的。正喝着，微光中看到窗外一个军人小伙子穿着雨衣奔跑了过去，我看到了他身上的泥巴被雨水冲刷成了泥流。我发现刚才骂骂咧咧的小伙子也看到了，我小声说："他要是能喝上这样的姜汤就好了。"

晚上了，瓢泼大雨还没要停下的意思。我担心起来，担心两边的山体变成泥石流坍塌下来，担心这路基被水冲走，担心后面的车在迷蒙中撞上来。三者有一样的话，自己就消失在这大山深处了。

迷迷糊糊睡着了……

一、二、三、四、五、六……睡梦中，突然听到了报数儿声，我看了看手机，是凌晨4点。对了，是部队官兵们集合的报数声，莫非他们干了一个晚上？一定是的，他们居然在大雨中抢修了一个晚上。

早晨，雨依然淅淅沥沥地下，雨雾笼罩着山与山谷，笼罩着铁轨和列车。车在雨中驮载着人们，静默着。空调设施似乎失灵了，车厢里有些憋闷，车还是没有要前行的迹象，人们又一次躁动起来。服务员过来了，人们问抢修的情况，服务员说，不太清楚，只知道山体整个坍塌下来，路基也被冲毁了，官兵们还在抢修。

早餐车来了，就一小点儿米饭，没有菜，说是距离中途车站远，山路也被冲毁，供应不上来。人们无可奈何地吃下白米饭，而后又是无可奈何的等待。

我是带队的，买了扑克让校长们打，这样才缓解了一些等待的焦急。都打了两圈了，快 12 点了，中餐上来的还是米饭，有一点儿咸菜。

卖方便面的过来了，人们争相抢购。我们也抢了两箱子。

旁边的一位老人说，不用那么着急，一定会有办法的，不能通车，政府就应该送食物过来，送不过来就应该空投。他说话慢慢的，语气很轻松，可是听到的人们反而吃不住劲儿了，空投？那不是救援吗？与其等待救援，还不如及早的储备。方便面销量顿时大增。不一会儿，传过信儿来，说方便面没有了，储备车厢什么都没有了。我发现老人的脸色有了些许的不安。

当晚，送餐的车没有出现，人们吃着买来的方便面。列车长过来了，人们焦急地询问情况，从列车长委婉的话语中人们得知：塌方的土已经运走，冲毁的路基很快就会填上，也许就要通车了。旁边的老人没有问修复的情况，却关心什么时候送餐来，列车长说，餐车车厢里已经没有食物了，正联系当地，也许很快送来。看到老人无语，我拿出一桶方便面给他，他起初不肯，后来要了，将 5 元钱塞在我的座位上。自己冲了开水，等着吃。

晚上 8 点，大雨再一次滂沱，听说，刚填埋好的路基又被冲毁了，车厢里许多年轻人嚷着要下车帮忙。服务员说不能的，大家不能随意乱动，全车近两千人，随便动，那还了得？

我算了算，到目前为止列车滞留了将近 20 个小时，心理学标明，在一个不大的空间里，在焦虑的状态下，人的承受率超不过 24 小时。

果然，前方有了吵闹声。

其实啊，这个时候就显示了人的素质，谁不想离开这个鬼地方？忍耐是最好的选择，车不能行，跟列车员嚷是没有什么用处的。

早晨，一个四五岁的小女孩儿过来："叔叔，你们抢的方便面还有吗？卖给我一桶行吗？给你们 10 元。"听着刺耳的"抢"字，看着稚嫩的小手，干裂的嘴唇，我眼里潮湿了。我拿了两桶方便面给她，把钱塞回她的前兜兜里。小女孩子感激地看了我一眼，放下一桶，拿着一桶蹦跳着走了。

看看还有半箱子，我对一个同事说："走，你搬着，咱们看看还有多少孩子像她一样。"走了四节车厢，十多个孩子带着感激的眼神，伸出了渴望的手，他们以为我们是铁路工作人员呢，没有人给钱。这都不重要，看到他们急着干吃的样子，我们心里即心酸又开心。

拎着空箱子回来，一个校长担心地说："不知还要滞留多长时间呢"。我笑着说："孩子比我们大人怕饿。"

中午，我们饿着，大家不停地喝水。下午 4 点，车好像动了，人们欢呼起来。

不一会儿，火车就风驰电掣起来。

一个大姐过来，操着只有认真分辨语素才能听懂的话说："老师，你们是好心人，希望开会期间你们能到我们羌族人家做客。"

"谢谢，羌族妹妹，你是哪里人啊？"

"我是北川的。"

她是地震重灾区的，我关切地问："是吗，大姐，你家遭灾情况咋样？"我说完后，突然想到问话是否妥帖，于是补充说："对不起吗，能问吗？"

"没有关系的，已经过去好几年了，能讲的，我就是被一碗方便面救活的，当时我家房屋陷了下去，四口人去了，只有我被救了出来，一个解放军同志塞给我一包方便面就救其他人去了。没有想，院子也塌陷了，我被困在两堵墙中间，上面仅有一个小口，时大时小的雨灌着我。三天，我就吃了那一包救命面。第三天傍晚，给我方便面的那个解放军小弟弟找到了我，我才得救。"

我们听着，泪在眼眶里转。

比起她来，我们遭遇的塌方又算得了什么呢？

心中那一方红

阔别 30 年，我又回到了似乎就要遗忘的"家"。我的家成了村中洼地，我们这个街道刚迎来新民居改造，四周都是新民居。我是接村里通知，回村签订拆迁赔付合同的。

借助邻居家的一把斧头，敲开了锈迹斑斑的大门，也敲开了我尘封多年的记忆。

这大门在当地叫"哨门"，也就是带房屋的门洞。儿时的夏天，门洞内凉风习习，清爽宜人。常有三三两两的人在这里开会，印象中，这些人是村里说话最顶事的人，后来才知道，是村里的 12 个党员在商讨大事，其中也包括我的父母。

靠门洞的一侧墙壁上隐约还有一长方形白印痕，我知道，这是挂过党旗的地方，后来，门洞的房顶漏水，母亲就把她挂到了我家的堂屋。这样，原来遮盖着的地方自然就显露了白色。我小时候不知道是党旗，但很喜欢她的红，方方的。因此，哭的时候，大人就抱着我去看方方红。

后来，母亲告诉我：这一方红是党旗，共产党的旗帜，有了她就能吃上白面卷子。小时候不知道什么是共产党，但我知道母亲是党员，印象中感觉党员就是母亲这样的人。

母亲是生产队的妇女队长，总是吃苦在前，享受在后。她耪起谷地来比大男人们还快，有时，她耪完了三垄，别人也耪不完一垄。在吃大锅饭的时候她总是让别人先吃，自己默默地在一旁整理农具。

再后来，我觉得党员是勇往直前，无私无畏的。记不得是哪年了，洪水把我村的围村大堤撕开了两米多宽的大口子，在我家开会的十来个党员听到消息后，纷纷奔跑着来到决堤口，跳入水中，激战一个上午，堵上了决堤口。村里开大会的时候，他们身上都戴着一朵盛开的大红花。那时候，总觉得他们是勇敢的，他们的光荣是和我家挂着的党旗有联系的。

带着这些回忆撬开了正房的门锁。只见满屋狼藉，户枢有蠹，蛛虫有织。木屑纷纷落，尘土四处飞。尘埃中瓦砾滚动，乱柴里虫突鼠奔。这哪里还是生我长我的家啊，这哪里还是当年党员宣誓的临时党支部啊！一股凄凉之情凝上眉头又上心头。邻居见我这样，急忙问："你城里的房子很大吧？"我点点头说："岂止很大啊，条件与我这家相比有天壤之别啊！"看他歪着脖子想听个仔细，我补充说："150 平米，南北通透电梯高层住宅。地上一尘不染，有一头发丝也看着不舒服；屋顶灯火通明，有一处无灯也感觉暗淡。"邻居说："咱刚盖的新民居楼房也像你说的这样。"

父亲去世后，我们好说歹说母亲才跟着我们去了城里，这个家也就闲置起来。不想，这一闲置就是 30 年，我们没有满足母亲"临终回家"的愿望，让她老人家遗憾而去。

一束光照进堂屋来，我极力寻找那一方红。一张覆满尘土的年画后面露出了一抹红色，看到这红色，我的心"砰砰"跳起来。掀开这张年画，那方党旗端端正正地挂着。我肃然了，我深为母亲临走时的举动所折服，我似乎看到了母亲在党旗下领着新党员宣誓的情景；也分明看到了我那埋头锄地，挥汗如雨的母亲到地头时的笑容。她为什么不带走党旗呢？她为什么又用年画儿把她遮掩起来呢？

我恭敬地登上板凳，轻轻地拂去上面的灰尘，小心地摘下，折叠起来。仔细地、轻轻地折叠着，没有说一句话。

邻居说："你家的这些盛粮食的瓮怎么办？"我说，不要了，给你吧！"你家的这个箱子还要吗？""不要了，给你吧！""那你要什么？""我就要这个。"我边将这面党旗放在我的包里边说，"看到这个我就想起我慈祥、善良、宽厚的母亲。"。

站在院里凝视着老屋，想起明天这里就要夷为平地，我不禁潸然泪下。告别了老屋，想起明年这里将是崭新的民居，我不禁破涕为笑。摸着包里的党旗，想起我也有了珍藏，我不禁自豪起来。

回到家中，我将这方党旗郑重地放在一个雕花木盒子里珍藏起来。不知怎的，每当看到这个木盒子，我心里就暖暖的。

小白的忠诚

父亲过世后，我们便将母亲接到了城里住，回来的当天，母亲发现，忘记把小白带来了，着急地催促我们立刻回家去找。

小白是一条狗，通体白，只有脑门儿上有月形的黑毛，很是扎眼。它很通人性，在我父亲生前，小白总是形影不离地跟着他。有一次父亲晕倒在菜地里，小白气喘吁吁地跑回家报信儿，蹲在门口叫个不停。母亲会意，急忙跟着小白去菜地找，看到了昏倒在菜地的父亲。于是，赶快喊来人，送到了医院。医院说是低血糖，晚来一会儿会出大事。以后的时光里，父亲更是对这条救命狗疼爱有加，我们带回的好吃的，他总是先给小白吃。

还有一次，父亲把羊皮袄丢在了责任田里，小白这条懂事狗居然艰难地叼了回来，让街坊邻居觉得很吃惊，都夸这条狗通人性。

父亲的丧事办完后，我们回城里。由于走得匆忙，居然就忘记了把可爱的小白也带走。

在母亲的唠叨下，当天晚上，我找了辆车，打算回老家去接小白。可是不巧天降大雨。我答应母亲第二天再去找。没成想，第二天单位又有了紧急任务。我只好给老家的邻居打了个电话，说见到小白后记着给它点儿吃的，等烧"一七纸"的时候再把它带回，邻居同意了。可第二天邻居又回话说，没有找到"小白"。

　　我母亲于是埋怨我们没有立刻去接，继而埋怨小白的没有良心。唠叨说，我们走了，你也走吗？你是看家护院的啊，你怎么能走呀？其实，也难怪母亲说，我想起小白可爱的样子，心里也有几分不舍。后来，我劝母亲，说，我们烧纸时一定找到它。

　　烧纸的那天，天蓝蓝的，我们拨开青纱帐，去往父亲的墓地。

　　刚到墓地的边缘，姐姐就大喊起来，你们看啊，是谁把坟刨了这么多土啊。

　　大家急忙过去看，只见高大的坟头剩下了半截，坟周围未燃尽的花圈残骸到处都是。仔细看时，我发现土地坚硬处满是爪子印痕，附近还有狗粪。

　　我料定是狗干的，是我家的小白干的。它一定是凭着嗅觉来找它最最亲密的朋友——我的父亲来了。多日里，它一定是带着万般思念守候在坟头，它多想刨开这座高大的坟茔见到那位成天和它在一起的慈祥可亲的主人啊！

　　我们在埋怨小白不懂事瞎添乱的同时，也深为小白的行为所感动。毕竟是狗啊！我们找来铁锹，将坟茔复原。烧完了纸，我扯着嗓子在坟茔周围喊小白的名字。我知道，如果它在周围的话，它一定会过来的。因为"小白"这个名字是我给它起的，为了让它记住这个名字，我买来五元的鸡肝儿，叫一声小白，给它吃一块儿，等鸡肝吃完了，它也就记住这个名字，而且再没有忘记过。

　　但是，无论我怎么喊，小白踪影皆无。在亲人们的劝说下，我

第四辑　真情：如家之感

们又匆匆上了回城的车。

后来听说的事情，更是让我对小白产生了怜惜之情。有看瓜的老头儿捎信儿说，天天晚上能听到坟地里传来狗的嚎叫，叫得跟哭似的。白天，这个声音就消失了，一到晚上就有。

后来又听人说，我家大门前被狗刨了一个深坑，木门的一角也咬了一个大洞。我们再一次回家烧纸时，证实了人们的话。我能想象到，进不了家门的小白是怀着一种什么样的心情爪刨坚硬的土地，嘴噬厚厚木门的。

但是，不知道为什么，我们每次回去烧纸都没有发现小白的身影，无论我在家有意逗留多长时间，都没有见到我希望出现的结果。

后来就没有了小白的消息。只是听人们说，坟地片子的果供总是被吃得干干净净的。我曾疑心过，是小白吃的。但后来随着时间的流逝，我渐渐觉得小白也许由于悲伤过度，腹中无食，无人照顾，凄然死去了。

事情过去了很多年，母亲也过世了，坟地里的杨树长的有一丈多高。

经济条件变好的我，买了轿车，每年回家给父母烧纸方便多了。

按照习俗，清明节，七月十五节，十月的寒衣节，正月初三，我们都要回去给父母烧纸。虽然父母故去了这么多年，但是烧纸没有间断过，一是寄托对父母的思念，二是适应当地的习俗，三是也许谁家都是抱着香火不能断的情愫烧纸的。

2010年的清明节，天气晴朗得很，我开车回老家去烧纸。打开车窗，让凉爽的风灌进车内。哼着小曲儿，快速地驶过路旁泛绿了的麦地，车转过一个弯儿，左前方有一高坡，高坡上蹲着一条白色的狗，我发现它定睛看着我，还没有等我反应过来，突然听到"汪汪"两声，这条白色的狗从高坡直冲下来，窜到车前。

我急忙刹车，狗也躲闪着，但是车子的前轮还是压上了狗的后腿儿，狗汪汪地叫着，拖着残腿从车下钻出来，又蹲到了我的车前，大有劫车的劲头儿。我仔细看时，一双熟悉的狗眼也委屈地看着我。我看清楚了，狗毛蓬松散乱的额头上有一轮"黑月"。

我惊叫着下车，连连喊着："小白！小白，小白！"

小白眼含热泪，摇尾乞怜。

我抱起了瘦骨嶙峋，气喘吁吁的小白，抚摸着它满是污渍的白毛，查看它的后腿，右后腿在渗血。我急忙从车里取出急救包，打开一个包给它紧紧地裹上。

我看到小白安静多了，仰着头看我，带翳的眼里挤出了泪水，继而头儿又在我的怀里亲昵地蹭着，嘤嘤有声。

我也不知道是激动还是怎么了，眼泪刷刷地流个不停。

我抚摸着小白的头说："小白，这么多年了，你是怎么过来的啊？你一直在找我吗？是吗？谢谢你小白！"小白没有作声。

把小白抱上车子，带着负伤了的它，给我父母去烧纸，烧纸的时候，我看到它严肃地蹲在坟茔前。我毅然决然地把它带回了城里，在小配房内给它做了个舒服的窝，一天三顿饭给它送，我吃什么就让它吃什么，每天早晚带它去遛弯。

我总觉得，它比我孝顺，是它，为我的父亲守了五年的坟啊！

老梁家的树和孙子

花农老梁头来城里开园林绿化经验交流会，会的内容让他眼界大开。会上，某大城市园林处介绍行道树的载植经验，即预先在开挖好的道路两旁铸造出栽植行道树的水泥槽，路面铺设完成后，再把树栽进水泥槽子里，培上从农村运来的熟土。介绍经验者把这种栽树方法总结了四点好处：一是可以保护地下电缆管道；二可以保护地面；三可以防止水土流失；四可以防止树长得太高以至于风摇树碰坏电线。

老梁头听了报告后，很受感动，每当城里人来买树，都是廉价卖出。城里大部分新建道路旁都栽种了他家苗木基地里的树。果真，树的成活率很高，长势良好。看着自家的树长得枝繁叶茂，他高兴得合不拢嘴，逢人就说，这树是俺家地里出的。别人不理他，他也不在乎，笑哈哈地摸摸这棵树，摸摸那棵树，好像自家的孩子办了个城市户口似的。

然而，出乎老梁头意料的是，去城里的树大多活不过两年就逐渐枯萎继而死亡。观察发现，虬根盘须挤满了水泥槽，把培土全挤了出来，水与肥很难渗入。苗木医生给树一个个挂了营养大袋子。虽然想了很多抢救的方法，树还是没有迎来第三个树荫匝地的夏天，一排排的干黄叶落了。在刨树时，工人只好用上了大凿子，一点点地把树根从水泥槽子里掏出来。

老梁头为此很伤心，决定以后再也不把树卖给城里了……

春天里的一个双休日，老梁头带着孙子去自家责任田里为麦苗锄草，老梁头挖出一个刚萌出的桃树苗对孙子说："栽种在地头儿，不出五年就能吃上甜甜的桃儿。"孙子接过桃苗，小心地托在手里，然后挖坑、栽种、浇水，做得认认真真、高高兴兴。这时，老梁头的老伴儿突然到田间，说，儿子儿媳回来了，要带孙子去城里读书了。老梁头心里"咯噔"一下。

心事重重的他回到家里，见大院儿里停了一辆新汽车，儿子满脸笑容地迎过来，说，买房子了，在 39 层三室一厅；给孩子找到学校了，教室窗明几净。

孙子走了，老梁头和老伴儿对坐着，默默无语两眼泪。

后来老梁头和老伴儿想孙子，儿子就想了一个很现代的办法，给老爸买了一台电脑，这样，可以在双休日与孙子视频聊天了。但是儿媳规定只能聊 5 分钟，不能耽误写作业。老梁头抓紧时间问孙子："城里好吗？"孙子说："爷爷，我成爸妈的宠物了，天天关在家里、车里、学校里三个笼子里养着。爷爷，你问问我爸妈，什么时候给我放放风啊？我都快闷死了！"

"学习吧，学习好！你不是得了三张大奖状吗？等以后考北大清华吧！你妈妈说，她曾考过两次都没考上，全指望着你去考哩！"老梁头鼓励着孙子。

孙子无语了，老梁头看到，孙子的 QQ 成离开状态了。老梁头寻思，也许是孙子累得趴在桌子上睡了，老梁头心里又"咯噔"了一下。

孙子进入了小学三年级，奖状就得了二十张，贴满了他的小书屋。儿媳听了一个装修专家的话，在家里装修了一个什么"私密学习空间"，整个书屋都贴上了带书籍图案的壁纸，画上了励志水墨画儿，还置办了现代学习椅，椅子上配有精力分散提醒铃和瞌睡应急频闪灯，还有"头悬梁"模拟装置。屋子里整整一面墙靠了书柜，按照读书专家提供的书目分门别类摆放了图书。走进屋子，书柜里、壁纸上都散发着书墨香。据说，孙子很喜欢闻这味道。

上五年级时，孩子总感觉头疼乏力心烦躁。去医院查，化验报告单子出来了，孩子竟得了血液病。听到这个晴天霹雳，这个家似乎就要塌了，儿子傻了，儿媳疯了。

老梁头想见孙子一面，但孙子在医院的无菌室里观察着呢，医院不让进。

老梁头当天就在城里买了把斧头，走魔似的砸了几个原来栽种他家树的水泥槽子。为此，他被城管罚款训诫。

一个月后，孙子出院了，老梁头执意把孙子接回了家。一年的时间里，老梁头跑了手续，花巨资在自家承包的千亩花卉园里盖了一所民办小学，在园子里还用桃木搭建了一座四外能观景赏花的读书楼让孙子住。

看着孙子每天放学后在树荫里和小伙伴们绕树玩耍，老梁头笑了。

他吩咐工人说，这园子里的树都是孩子们的，谁也不能动一棵。

倔强的“山核桃”

汽车驶过令人恐惧的太行山十八盘，再碾过几条似路非路的崎岖小道，就看到了一面高高飘扬着的红旗和一抹若隐若现的蓝房顶。

那，就是我支教的学校。

不一会儿，车就停在了校门口，正赶上大课间，学生们争先恐后地奔出，来看高大的越野车和车上下来的几个高大的陌生人。

当学生从校长那里得知我是从大城市来，要做他们的老师时，大家“呼啦”一下把我围起来问这问那，看着这些兴奋的小脸儿和那一双双忽闪着的大眼睛，我支吾着，不知道先回答谁才好，只好微笑着拉过一个孩子，背对着大山，让随行的老李给我们拍照。这举动激发了学生们的好奇心，他们争相和我照相。十几个学生，都一一照过了，唯独一个孩子无动于衷，蹲在一边，手拿小棍儿驱赶蚂蚁玩。我喊他：“来，小同学，过来照一个！”他像没听见似的，一动不动。一个高个子男生大声对我说：“他叫小抿，是个豁子！"见我愣着，他又补充说："就是嘴巴像山核桃一样有沟沟的人，嘻嘻！"

大家哄笑起来，小抠却把头埋得更低了，他分明是想把自己变成蚂蚁，钻到土里去。我走过去，蹲下身来，调整了一下姿势，努力使自己的头和他齐平。我首先看到了他嘴唇上的豁口，几乎延伸到鼻子里。但是他圆圆的脸上还有浓密的眉毛、大而清澈的眼眸、高高的鼻梁。我想，如果能填补这豁口，也许就是一张英俊的脸。见我端详他，他眼里立刻噙满了泪水，我马上拉他入怀说："来……和老师照相，老师喜欢你！"

小抠立刻紧紧依偎着我，我随意用左手遮挡了他的嘴，老李马上给我们抓拍。后来，老李特意制作了师生照片墙，小抠的侧脸照，看上去是个很英俊的男孩子。

后来的日子里，小抠在课堂上从来不主动举手回答问题，因为他怕说话漏风、吐字不真，招惹嘲笑。还总是躲着我，不主动和我说话，也不和同学们一起玩，成绩也不好。我觉得他一定有了心灵的"豁口"。

有一天，我偶然发现，他一个人驻足在照片墙前观看，他是在欣赏"完美"的自己。是啊，谁不想完美呢！我想，要想填补他心灵的豁口，首先得填补他嘴唇上的那道"沟沟"。我想回到原单位向师生发起一场募捐活动，为他的整形术筹钱。但是，当我把这个想法告诉小抠时，他却不高兴了。问他，他说："我不想麻烦别人，我有办法攒钱！"

我惊愕了，在贫困山区，他怎么才能攒到钱呢？后来，我知道了答案！

星期天的上午，我来到人工林场风景区"吸氧"。我发现在门口一堆游人中间，小抠正拿着一个布满沟沟的山核桃叫卖："5元一个'艺术核桃'！"买的人很多，城里来的人几乎不还价。

为了不影响小抿的"生意"，我想悄然溜走，刚挪步，小抿就发现了我，追上来给了我一个"上等"的山核桃。后来，我把这个山核桃带给在北京开收藏品专卖店的朋友看，他惊愕之余让我替他收这种"艺术核桃"，价格是每枚20元，品相好的可以50元。我把这单"生意"给了小抿，小抿努力找寻"宝贝"。半年后，当我把16000元捎给小抿的时候，他捂着嘴笑了，满脸是泪。

后来，一家整形医院成功为他进行了豁口填补术，术后不到20天，他就昂首挺胸地来到学校。我和学生们都看到了一张笑嘻嘻的脸，这张脸上虽然还有红红的浅痕，但是，这分明是一张俊脸啊！我带头为他鼓掌，同学们也欢呼雀跃。

小抿满脸是泪。见我也流泪，他踮起脚尖，用小手胡乱地帮我擦，一边擦一边小声说："老师，医生说，等我考上大学时，就完全没有疤痕了。"见我含泪点头，他又字正腔圆地大声说："老师，我妈妈说，中午，让你去我家吃野菜手擀面！"说完认真地看着我。我对着这张幸福的脸微笑着点了点头……

草原野性精灵

央视《走近科学》栏目近日播出了纪录片《卡拉麦里的精灵》，讲述的是野马回归大自然的故事，其中的生离死别场面十分感人。

野马——普氏野马，这个草原的精灵，100 年前统治着新疆乌鲁木齐 140 多公里处的卡拉麦里山。这里是茫茫戈壁，一望无际，沙棘片片，百草丰茂。它们群居群动，纵横驰骋，尽情嬉戏。

普氏野马是马中的伟丈夫，它有着与众不同的棕黄色体毛。后经过进化，腹部渐变为白色，同时，腰背中央出现了一条黑褐色脊中线。这一系列的体征，使它显得剽悍凶野，俊美绝伦。其实它还是个粗中有细的英雄，它感官灵敏，情感丰富，是草原驰骋动物中的多情种。

后来，这种野马在人们的捕杀下数量大大减少，成了珍贵的马中"熊猫"，其仅有的种马也流落到了欧洲。20 世纪 80 年代末，野马从欧洲引回到我国新疆和甘肃，半散放养殖。

许多科学工作者都有一个梦想,恢复百年前骏马奔驰的盛景。他们不喊苦不叫累地为野马重返大自然做着不懈的努力。他们的努力终于有了回报,准噶尔的一匹野马产下了第一个女儿,人们欣喜地起名为红花。后来,工作人员在仅有的几匹马里面为红花找了一个近亲丈夫,1998年5月14日野马红花终于要生产了,大家欣喜若狂。但是,不一会儿产房却传来了噩耗,红花由于长期圈养,身体素质降低导致难产,和她腹中的孩子一起悲惨地死在了围栏产房之中。红花的死让大家感觉野马绝种的危险再一次袭来。圈养生存,近亲交配,恶性循环,血缘关系越来越接近。近亲遗传带来的疾病夺走了许多小马驹的生命。野马的野外生存本领一点点在流失,很多野马变得肥胖而慵懒。

科研人员认识到:将这种马放归大自然是它生存的唯一选择。

2001年8月28日,野马终于迎来了奔向原野的日子。野马养殖场大门洞开了,新疆养殖场决定首次将圈养的野马放归大自然。

这天,天空如洗,阳光和煦。马场外绿草如茵,野花遍地。大门打开了,可马就是不出来,人们用嫩绿的饲草引诱,马才以怀疑的眼神一步步向大门口走来。人们的心吊上了嗓子眼儿,都盼望着奔腾的场面出现。可就在野马接近大门时,它们却放弃了美食,毅然返身走回马圈。

人们围成半圆形驱赶野马,它们被一步步逼向大门,开始奔跑起来。但就在接近大门的一刻,领头的公马又突然折身而回,箭一样地冲向人墙,人们慌不择路地躲避着,马群洪水般地泻入人墙。尘土升腾在马圈的上空,蹄声震颤着空寂的戈壁。马群狂奔着和人群打着转,就是不肯接近那扇象征自由的大门。

当人们举着飘飘的彩旗组成一面墙时,马群惊炸了。红花的弟弟大帅率领着它的 26 位妻儿冲出围栏。受惊的野马们不顾一切地狂奔起来，向着唯一的出路——大门，奔去。像一支支棕黄色的箭。瞬间，野马群射向了大漠，也就是五六秒钟，它们棕黄色的身影就融入了同样是棕黄色的大漠深处。

带着 100 年的忧伤和悲怆，野马大帅率领着他的一家老小奔向了一望无际的卡拉麦里草原。

然而，这些可爱的精灵们放归后仅仅两个月，就迎来了残酷的冬季，大帅的家族还没有来得及完全适应这片土地，就被残酷的大自然击倒了。当人们找到它们时，看到它们周围光秃秃的。它们在沙土和冰雪上鸣叫着，原地打着转，粗粝的戈壁石磨坏了它们的蹄子，它们一瘸一拐的，似乎不想再走半步。这里的水浑浊而苦涩，草干硬扎嘴。连大帅也没有了往日的雄风，低头耷拉脑，眼含热泪地走着。当把新鲜的草料给它们时，一个幼小的马驹说什么也不吃了，眼望着远方，悲嘶哀鸣，人们跟随着它走去，看到的是大帅最挚爱的妻子和儿子的尸体。大帅在妻子周围守候着，满眼是泪。后来几天里大帅不吃不喝，强悍的它逐渐消瘦，在悲痛中死去。

野马中心科研人员认为，野马被当成家马已经养了一百年了，很多野外生存的能力已经丧失，体态也发生了诸多变化，比如，野马的腿变粗了，身体从善于奔跑的高方形变得矮胖，奔跑的速度比野生状态下的野马几乎慢了一半。所以，他们认为，野马在野外生存下去的可能性只有 50%。

大家决定带野马回家，需要在围栏里对野马进行抗恶劣环境训练。为了能唤起它们的野性，科研工作者又在一个 3000 亩的大围栏里把它们散养了 4 年，让它们自由觅食，给它们拉来野外苦涩的水，训练它们的野性，让它们驱赶外来马种。散养过程中，大帅的弟弟王子逐渐征服了大帅的所有妻妾，成为了合格的头领。野放之前，工作人员还为野马进行了最后一次防病注射，为它们驱了虫，进行了检疫，养马的小伙子们端着盆子亲手喂了它们最后一顿胡萝卜加玉米的美餐。

为了这次野放，专家们为野马选择了准噶尔盆地中最好的一块地，这里的原野辽阔而安静，鹅黄色的秋草覆盖着的大地并铺展到天际。在东西南北四个方向不出 20 公里都有水源，并且还有野马的近亲野驴，有野马的朋友鹅喉羚，当然也有野马的天敌———狼。

时机成熟，王子像他哥哥一样，再次率众马出征。这次他的境遇却比他哥哥强多了，随着对环境的适应，野马逐渐征服了大自然，它们还在野外开始了生育繁衍。

宝马啊，你是马，但是你姓"野"。一百年来，人类让你们姓了"家"，把你们当作宝贝家养着，其实是对你们的戕害。人类并没有真正了解你们，以至于在人们的精心照料和呵护下，你们几乎活在一个真空的世界里。任何接近野马圈的野生动物都会被赶走；进出野马中心的车辆、人员都要经过消毒；一年四季野马只吃苜蓿，一天规定吃四次草、饮四次水；夏天你们有西瓜来降温，冬天有棚圈来避雪；小马驹像人类的儿童一样能吃到钙片和奶粉；公马甚至每天都会得到两个鸡蛋的营养补充。这过分的溺爱是真爱还是戕害呢？不言而喻！

适者生存，无论什么样的动物都必须适应环境，必须为生存而抗争，只有这样才能得以健康繁衍并发展。

陪 伴

　　葵花，愿意陪伴阳光。每天，追光逐影，在迎东送西的过往中，表露着自己对光的热望。即使写满了一盘盘儿整齐的爱的文字，仍然迈着沉甸甸的脚步，带着花季的梦想徜徉。

　　睡莲，愿意陪伴鱼翔。早晨，霞光装扮出你一脸的灿烂；傍晚，夕阳帮你关闭了心窗。开合有期，光鲜有度，为鱼儿浮动的是姣美的身姿，为自己收纳的是虚心的衷肠。

　　绿叶，愿意陪伴花香。摇曳出的是绿的世界，吐纳着的是万物的营养，轮回中长眠成根的土壤——噢！叶的生命乐章！红花啊！偎依在叶的身旁，绽开的是喜人的笑脸，喷薄的是醉人的芬芳。

　　新郎，愿意陪伴新娘。早晨学着为她梳妆，晚间愿意为她铺床。契合是过日子的法宝，恩爱是白头偕老的食粮。

　　星星，愿意陪伴月亮。弯月伴繁星，恒远又久长。深邃浩渺中，流传着多少相依相随、感人肺腑的故事，承载着多少浪漫的遐想。

书生，愿意陪伴书香。读书如读人，黄金屋也罢，颜如玉也罢。得到的是他人的智慧，丰富的可是自己的宝藏。

儿女，愿意陪伴爹和娘。绕膝嬉戏，渴了喊爹，饿了喊娘。等自己做了爹做了娘，陪伴这个字眼儿也会暖暖地焐着您的心房！

陪伴，字典上的解释是相随做伴。是啊！相随相伴的日子有短也有长。愿世上所有有缘分的人儿，如月亮伴太阳，地久天更长！

老屋，俺给你留个影

老家的村委会主任来电话说，要进行新农村建设了，要盖一排排带电梯的高楼了。还调侃着说，俺农村人也可住"在屋里拉巴巴"的楼房了。说了一大通话才入正题——你家的老屋必须要拆掉了，那里要盖一座十层高的综合大楼，还说了如何赔付，等等。

我深为村委会主任的办事态度所折服，立刻表示支持，并补充说，什么时候拆提前通知我们一声就行。

其实啊，虽然这个老屋已经孤独存在了二十年，摇摇欲坠，风烛残年。但，老屋留下的记忆总跳跃在眼前，挥之不去。

开车回家看老屋吧！

老屋是典型的北方砖、坯、木结构，低矮得不能再低。时光侵蚀，老屋的户枢已经蠹坏，门板裂得白骨铮铮，惨不忍睹。

看着老屋，我心疼得很。当年我添砖添瓦地参与了盖房。屋面墙是典型的"挂斗儿"墙，这种墙修建时，先用土坯砌就，然后在土墙外表贴一层青色面砖，把土坯包裹住。这种墙最怕阴雨连绵天，雨水透过砖浸湿土坯后，再连下几天，墙就开始坍塌。屋顶是不用担心塌下来的，因为在四个角落和四面墙上，共有八根柱子顶着屋顶大梁。屋内墙面是白灰抹平的，时间长了也容易脱落，脱落的地方，娘就用样板戏宣传画儿贴上。

有人说这种屋子也许冬暖夏凉吧？不对。这种屋子不通风，因为，是不能开后窗的，这是民俗习惯。墙上有个后窗口，后面人家的风景不就尽收眼底了吗？所以，农村是不允许开后窗的。这样，由于通风不畅，夏天屋子里也是闷热难当。冬天吧，由于没有多少取暖设备，着实冷得很，有时候，屋子里能结出冰来。早起，窗玻璃上的霜花幻化出花鸟虫鱼、树木山川，可以说是与老屋最不协调的风景。

我们弟兄几个先后考上大学，老屋也随同父母一起寂寞起来。

那些年，坐在门口，晒着阳光等儿女回来，是父母最喜欢做的事。这场景持续了十几年。而我的印象中，一抹残阳染红了老屋门口，金辉罩满两位老人周身，看我们回来，忙不迭地悠悠起身，把光束和笑脸一起带给我们，是我最想见到的风景。不经意中，父亲便没了，母亲在办完丧事后，毅然关上那扇吱呀吱呀地在风中摇曳，摇出阵阵凄凉和心痛的门，坐上车随我们进了城。我想，没了人陪在老屋门口，这老屋一定寂寞得要死了。

走进东屋，土坯炕依旧，摸摸床被，似乎余温尚在。

记得娘说，我在这个老屋里出生时，睁开眼看了看屋子四周才哇哇哭出声的。我说，那一定是嫌这个屋子破才哭的。

我发奋学习的小房间是屋子最东头儿的小储物间儿，穿过一个大房间，通过一个洞口似的小门儿，来到一个阴暗潮湿的幽暗小屋，这就是我成长的地方。

每天晚上，点上煤油灯，就开始学习，真正领略了什么是十年寒窗苦。头上时不时掉下一块儿土来，摔满全书，用手将土扒拉到一边，显出书上的字后，继续专心学习。这还算比较平静的，有时候啪嗒掉下来的不是土，却是一只大大的蝎子，倒背着带毒的长刺，晃荡着双钳，快速地爬行。每当这个时候我就学习不下去了，担心这些"朋友"爬到自己的身上蜇一小口。除此之外，每晚，鼻孔上还熏满煤油灯挥发出来的黑灰，像长须翁似的。

其实，我觉得，那个时候也没有树立什么远大的理想，全是为了摆脱这个艰苦的地方才努力学习的。所以，从某种程度上，我应该感谢老屋，是它坚定了我逃离艰苦、追寻幸福的志向。

后来，随着我慢慢长大，这个老屋也被我改造的不成样子了。

上初中的时候，我把老屋的木窗棂连同窗纸一起拆了，换成了镶玻璃的四扇窗。于是，我们生产队里许多户人家开始效仿着换窗扇。老人们说这新窗户不如窗棂好看，说归说，他们都承认屋子里比原来亮堂多了。

上高中的时候，我把西屋的土坯炕拆了，并随后拆掉了那台明清时期打造，传了好几辈的织布机，用拆下的木料学着打了一张包厢床，打床让我费了好大的劲儿，我不知道织布机木料是香椿木的，木质硬的锯不动刨不动的，用坏了三根锯条，四把刨刀，两把凿子才打成一张包厢床。因为是我们村第一张包厢床，也引来很多人观看，他们说像电视上大户人家睡的木床一样。由此引发了街坊四邻拆土炕换木床的热闹事。

后来，我结婚时，这张床成了我的婚床。到城市工作，住在高楼大厦里，住在别墅群里，我都没有舍得把这张床换掉。其他屋里虽然有几千元的席梦思床，我还是习惯睡这张床。这张床是真正的实木，它取材于明清时期的织布机，立意于上高中时我的创意，构思于电视上大户人家床的样式。它从老屋里走进了大城市，见证了我和我家乃至我们国家的奋斗史。

和老屋留个影吧！

老屋静静地，像盼儿回家的老人，匍匐在那里，似乎有了笑意。

老屋啊，四周已经是高楼林立，你不该再留这里。

来吧，老弟兄们，来吧，孩子们。我们一起与老屋照张相，不然就再也见不到它了。

留住它的窗口，留住它的拱圈形门，留住它的屋脊，留住它弓腰驼背的苍老躯体。

顿然觉得留下的不是破败的老屋，留下的是我们不尽的追求和无限的希冀。

站在老屋的门口，我不愿再触摸它，怕再勾起那些尘封的往事。

老屋的门，被岁月封锁了二十年，你将被时代打开，永远消失。

咔嚓！老屋，俺给你留了影。

偶遇哈尼族小姑娘

卧铺包厢进来一位小姑娘。问她哪里的，她说是云南哀牢山的。

我眼前立刻闪现出《驿路梨花》中那个活泼可爱的哈尼族小姑娘形象。于是又问："是初中语文教材中提到的哀牢山吗？你是哈尼族？"

"是啊，就是那个哀牢山，我们那里把哈尼族叫卡多族。"小姑娘一边摸索着坐在铺上，一边忽闪着大眼睛有条不紊地说。

遇到这么一位漂亮的哈尼族小姑娘，我料定这个旅途不再寂寞。我喜欢听各地的风土人情故事，于是向小姑娘提出了我的要求："小姑娘，那你讲讲你们那里的风土人情呗。"

"行啊大哥，我学的是文科，知道的很多呢。"小姑娘手掐了掐眉峰，麻利地把一块儿白色小毛巾敷上自己的眼睛，继续说："我们哀牢山啊，可不像金庸写的那么浪漫。这里山峰奇崛，山路回环。我觉得还是美国迈阿密大学一位教授形容的更为贴切——这路比迪士尼的过山车还要刺激。"

"哈哈，你讲得很好，你是高中生吧。"

"错了，大哥，我是大一的学生了。"

"你的家乡太环保了，怪不得你长得这么水灵！" 我不由自主地赞美着。

列车到曲靖，过宣威……每报一站她都有的可讲，一路讲到六盘水。听她声音越来越沙哑，我削了个苹果说："你歇歇吧，天都黑了，谢谢你这么热情，吃个苹果吧。"

我说完正准备把削好的苹果放到小桌子上，她突然连看都不看伸出了手说："那，谢谢大哥了！" 我心头一怔，但，还是将削好的苹果递到了她的手上。我觉得这90后女孩子有点儿不懂礼貌了，吃人家的苹果，也不回头看看就接了？

更可气的是，小姑娘默默地吃完苹果，摸索着将苹果核随意放在了小桌子上。

我气愤她的不礼貌、不卫生，于是不再和她叙话，不一会儿我就睡着了。

晚上偶听她还"哎呦！哎呦！"地说梦话。

第二天早晨，我被"叮叮当当"的声音惊醒，我还听到了哈尼族女孩子说"对不起"的声音。对面铺上空空的，我料定是女孩子打翻了别人的饭盆。我心里暗暗地责怪她的冒失。她走过来，依然忽闪着长长的睫毛，冲我苦笑。

我问："怎么了？"

"弄翻了人家的方便面盆儿，空的，我给她捡起来放回原处，道歉了。您放心！" 她很愧疚地一边絮叨着一边慢慢躺下。

快到终点站时，服务员来换票，顺便帮女孩子收拾东西，还问她晚上眼睛疼的是否厉害。这时，我这才猛然发现，女孩子看不见东西。我的心猛然一颤，急忙问："你……你看不见东西啊小姑娘？"

"是啊，大哥，不，也许你是大叔。但是，我是一路叫你大哥的，你不怪罪我吧？"女孩子羞涩地笑笑。

"那你，你为什么不告诉我你看不见，我可以帮你啊？你晚上一定疼得很厉害。"想起女孩子忍着疼痛陪我说话，想起女孩子晚上的"哎呦！哎呦！"我不知道说什么好。

"我不喜欢麻烦别人，谢谢你陪我度过了来北京做手术的惊恐旅程。我眼底坏了，家乡的医生说我可能再也看不见了。妈妈不相信，卖了家里所有值钱的东西，托服务员送我到北京找最好的医生看病。说看好了，让我继续去大学读书。"女孩子长长的睫毛上挂满了泪珠。

我还能说什么呢，是我陪她了，还是她陪我了呢？我将钱夹里剩下的几百元钱塞给女孩子，她说什么也不要。

服务员带着她出站，上了一辆救护车。我远远看到，小姑娘头上那枚红色的蝴蝶结发卡闪闪发光，像即将腾飞的小小精灵。

枣先生的名片

回家的路上看到一个卖大枣的。想起医嘱让我多吃枣补血，我马上停下车来向枣摊儿走去。

一筐筐的红泛着诱人的甜。

筐是柳编的圆筐，枣是大小不一、成色各异的枣——干瘪无华的是新疆枣，胖大圆润的是阜平枣，小巧玲珑的是沧州枣……

卖枣的是一个穿黑袄，戴一把揪帽的老汉。他说话带笑，满脸虔诚。见我来，他很专业的一一为我介绍，还说可以免费品尝。我边看边听着他的自卖自夸，我看得是眼花缭乱，听得是云山雾罩。买哪个呢，价格不一，也不知道哪个筐子里的质量好。虽然，他努力地说可以尝一尝，但，怕吃了人家的嘴短，不敢去尝。

正要决定买哪筐的枣时，一个电话打了过来，我于是急忙说："你捡着好吃的随便给称五斤吧。"

等电话接完，枣已经称好装好了，是纸袋子。我看到他给我装的是肥大溜圆的枣，正是我喜欢的。他说，我给你的这种枣很好吃，但，水分多一点，用这样的袋子盛着，枣就不会捂霉了。

因为有急事，付了款，拿了枣，开车就走。

刚发动车子，要拐上正道走时，卖枣的老汉吆喝着径直追过来。我疑心他也许是算错了，要找后账。没有想到，他一边伸出捏着钱的手一边说："找你两元钱吧，别人都是还价的，你也不知道还个价儿，我不能坑好人。"说着，把两元钱塞进了我的车子里。

我带着异样的眼神往车外看他时，见他又好像想起了什么，胡乱地在袄的大口袋儿里摸着。我担心他忘记我给他的"百元大钞"放哪儿了。我把车子熄了火，淡定地等他的翻找。可他摸出来的是一块儿剪着花边的打印纸，纸片递到我手里，上面有字，根据片言只语的内容来看，这也许打印的是关于诚信的发言材料。问他要干嘛，他一边翻过纸片，一边带着怪怪的神情说："这是俺的名片，你要是觉得俺的枣好吃，你就给俺打这个电话,俺给你送到家门口。"

当我端正带花边的"废纸名片"看时，只见上面冠名的是"枣先生"，下面仅仅写着歪歪扭扭的电话号码，其他就没有别的了。

我几乎要笑出声来，说过"谢谢！"，把"名片"随意放在了车子的储物格里，再次发动了车子。突然觉得这位枣先生有点儿奇怪了，见过无数张商人的名片，有同学的，有亲友的，有地方的，有省部级的，哪里有这么制作名片的？简陋先不说，最低也得有介绍商品优点的关键词吧？

把枣拿回家，妻子问这是多少斤，多少钱。我哑口无言了，想了许久都记不得数量和价钱，于是我说："对了，当时光顾着接电话了，也没有看斤两。反正是百元找回了两元，也许是二十元一斤吧！"

经常买菜的妻子也不说话，去伙房称了称说："五斤多点儿，没错！好人不挨坑"

妻子当晚做了八宝粥，我俩都觉得枣好吃，口感很好，甜中带香。觉得好吃，妻子匀出一些给她的妈妈送去。一个多月后，岳母说枣吃完了，很好吃，让再去买一些。

到摊位找时，没有了那位枣先生。

我急忙去车里找枣先生的名片，没有找到，猛然想起上午洗车了，于是赶快开车去找，果然在洗车的地方发现了那张名片，差点儿就冲进下水道里去了。我捡了宝贝似的揭起名片，立刻按照上面的电话拨了出去，说明他的枣好吃，说明我们多要一些，说明让他送哪个楼那个门牌号。他让我说慢一些，听口气，感觉他的话里没有兴奋，声音低低的。我担心他也许不送。

完了，我把湿漉漉的名片甩了甩，铺展进笔记本里，想着，如果他不送来，我就再打电话问清他家住址，自己去取。

求购后的第十天，枣还没有送到。岳母开始打电话催问，妻子开始嘟哝说："这小贩儿的话你还信？"

第十一天的早上，我们刚洗漱完毕就有了敲门声，说是送枣的。在猫眼里我看到了一个小伙子，问他，他说是"枣先生让送来的"。

我急忙以感激的姿态开了门，遇到救星似的接过他手里的枣，问："枣先生呢？"

"俺爹前几天得了脑血栓，今早刚醒来就拿出了这个纸条，催促我按纸条给您送枣。还嘱咐我说声对不起。"

我愕然了，我不知道，这是一种什么精神在支撑着枣先生，是为了生意？是为了客户？还是为了那张名片？

总之，人家还是送来了，而且，完成的是一桩刚活过来不久就想起来的"生意"。

我急忙闪身，让枣先生的儿子进屋说话，没有想到冻得脸色红红的他拒绝说：“俺爹说了，只能送到门口，不能进人家家门，免得踩脏了地板。”

说完，他接过我含泪递上的钱，哼着小曲儿走了。

他走了，我把枣先生的名片保存在名片盒的第一位。捡了一个最大的枣，咬了一口，感觉今天的枣比原来的还甜。

这真不算个事

每年的六月是"事儿月"，学考、高考、中考、升级调研考试诸事相继而来，忙得晕头转向，也就忘记了去看望年迈的母亲。

电话铃响起时，我听到了母亲焦躁的嗓音："咱家出事了，对面阳台上有面镜子总是亮光光地照着咱家。听说，这对孩子不利！"

我正忙着起草文件，见母亲说这个，随口回答说："这不算个事儿，你少看那里不就行了？我们不是过得好好的吗？"母亲嘟哝着："那，你忙吧！你的事儿大。"说完就挂断了电话。

过了一周，母亲又来电话说："你们来吧，我病了。"

我急忙放下手头的活儿赶过去时，发现母亲神色凝重地站在阳台上发愣。我说："妈，你这不是好好的吗？""好什么？我都一个星期睡不着觉了，天天晕得很。"我急忙收拾东西，提议带她去医院检查检查，母亲却说："查什么？你看，都是那个闹得。我给你说，你不当回事，看，对我的身体有害了吧？"

我定睛朝对面阳台上看时，发现那玻璃窗上果真挂了一面圆圆的镜子，一闪一闪地发着诡异的光。我这才感觉到邻居的故意，有点儿气愤了，心想：好好的你挂什么迷信的镜子啊，闹得老人当作了大事儿，还影响她的健康。

"我去找他，看他家究竟想干什么？"我愤愤地跨出门。见我来气儿了，母亲又追出来，担忧地说："你不要和人家吵架，其实这也不算什么事，让他家把镜子拿掉就行了！"

当敲开门的一刹那，门缝里出现了一个白发红衣戴金丝眼镜儿的老太太，只见她压低眼镜窥了我一眼，然后不友好地扔出一句："你想干什么？"我说："你家阳台窗上是不是有面镜子在啊？她把门开大了一些，说："没有啊，我家阳台是个小厨房，要镜子干吗？"我心里"咯噔"了一下，但还是想问个究竟。于是，我很礼貌地说："大娘，我是对面的，您能让我进去吗？"老大娘笑了笑，忽然明白了什么似的边开门边说："噢！那你就自己去看吧。"说完，给我闪开了路。我脱了鞋子，光着脚走上了干净整洁的阳台。朝那个地方看时，我一下子发现它只是一面细箩，密织的丝网在光映下如明镜般闪亮。

我想，我当时的脸一定很红，急忙道歉说对不起，说缘由，我一边说一边讪讪地退出来。老大娘却礼貌地送我出门，宽厚地对我说："孩子，没事，这不算事！这真不算个事！我一会儿就放进橱柜里。孩子，多来串门儿啊！"

老大娘真好！

回去给母亲汇报情况时，母亲连忙说："看，咱错怪了人家，回头我把从老家带来的大北瓜给人家送过去，道道歉，不能拿这再当事了。"

是啊，邻里之间只要多沟通，多理解，还有什么能解不开的大事呢？

智慧：50万能干什么

　　悉心经营的人生是智慧的人生，智慧的人生往往伴随着诸多的阶段性胜利。人生也像一场比赛，在这个赛场上，坚强、执着、奋进是很重要的元素。

当代的普罗米修斯

一个外国盲人能够直接感受到中国藏族盲童的需求，发明藏族盲文，这需要一种高尚的人道主义精神，更需要一种博大的慈爱情怀！

萨布利亚·坦贝肯，是德国的一个70后盲人，是"盲文无国界"组织的创始人。她12岁时双目失明，然而却以优异的成绩考入了波恩大学，刻苦研修藏学和蒙学。在研究期间，她发现藏文还没有盲文，便借鉴其他文字盲文的开发经验，开发出藏盲文。早在20多年前，萨布利亚带着她的藏盲文来到中国美丽的西藏旅行，她骑马穿越西藏各地，聆听到了这里的盲童少有接受教育的机会的消息。此后，她便萌生了留在西藏的念头，她发誓要为中国的藏族盲童创造受教育的机会，她想在西藏建立一个"盲人康复及职业培训中心"。

经过几番运作，21世纪初，萨布利亚与西藏残联合作建立的"培训中心"正式启动，该中心还相继开设了一所藏族盲童预备培训中心、一家盲文书籍印刷厂、一个盲人自我综合中心和一座职业培训农场等。到目前为止，先后有几百名盲童在这里接受了日常生活技能培训，他们接受了藏、汉、英三种语言的盲文基础教育，学会了按摩、电脑、手工编织、做奶酪、美术等职业技能。经过"培训中心"两年的专门培训，这些孩子基本可以生活自理，年龄稍大一些的还能独立经办可以养家糊口的营生。盲童经过培训还可以顺利地进入常规学校再深造，"培训中心"还为高一级学校输送了一批又一批优秀生源。

萨布利亚认识到，要想使盲人将来能够独立生存，还应培养他们不怕困难、积极向上的精神。为培养这种精神特质，萨布利亚特意邀请了第一个登上珠穆朗玛峰的盲人埃里克和他的盲人登山团队，希望他们来西藏指导盲童们向喜马拉雅山脉一座海拔 7000 余米的高峰发起挑战。经过精心准备，萨布利亚夫妇和 6 名盲童在埃里克的带领下成功攀登至海拔 6500 米的高度，他们初步领略到了"山高人为峰"所蕴含的实际意义。

她为西藏盲人的教育和康复事业做出了巨大贡献，并因此获得中国政府颁发的"友谊奖"。

感动中国人物评选组委会授予萨布利亚·坦贝肯的颁奖词是：

她看不到世界，偏要给盲人开创一个新的天地。她从地球的另一边来，为一群不相识的孩子而来，不企盼神迹，全凭心血付出，她带来了光。她的双眼如此明亮，健全的人也能从中找到方向。

感动中国推选委员会委员们这样评价她：她是当代的普罗米修斯，虽然自己看不到光亮，却给远在异国他乡的西藏盲童带来了光明与希望。

现在她被誉为西藏盲童的向导和天使。在引领着西藏失去光明的孩子重新认识自我、找回自信的同时，她也在实现着自己的人生价值。

小鸟的智慧

一只小鸟，一截树枝，演绎了一段佳话，谱写了生命中最优美的乐章。

听来的一段故事，让我有了以上的感慨。

故事是这样的。说，有一种小小的鸟能飞越太平洋，它需要的只是一小截树枝。衔树枝在嘴里，累了就把树枝扔到水面，飞落到上面随波小憩；饿了就站在树枝上伺机捕鱼；困了就抓牢树枝美美睡觉。所以小鸟平安地飞跃了太平洋。

听完这个故事，我想：如果小鸟衔的不是树枝，而是沉重的鸟窝和足够的食物，那它就不能在太平洋上长久的自由飞翔。

小鸟之所以成功的秘密有两点：一是，小鸟懂得放下。二是，小鸟明白哪个是最重要的。

是啊，它的放下显示了它的智慧，它放下的是沉重的食物和鸟窝，它明白，遥远的旅途能带多少食物呢？还不如带一个寻找和获取食物的平台。

其做法和我们自古崇尚的舍得精神是一脉相承的。人生何尝不是如此啊！学会舍得，就能成功；人生之路如远涉重洋，放下该放下的，拿起该拿起的，方能到达成功的彼岸。

可是我们周围就有这样一部分人，在大是大非面前，不能拿得起放得下，反之，有时还捡了芝麻丢了西瓜。

人生旅途，比小鸟过洋复杂得多，我们拥有小鸟所没有的名利、地位、人情、关系。背负着这么多，一路往前走，而且越走这些东西就会越多。欲望越大，得到越多，负担就越重，步子也就越发艰难起来。然而，在名利、地位面前，我们人类表现的往往还不如小鸟，不舍得放下任何一样东西，结果到头来失去所有。

人生堪比爬山，你爬得越高费的体力越大。在攀爬的过程中，有鲜花鲜果和仙草，甚至有金石宝玉和圣水，你哪样也想收入囊中，哪样儿也不舍得放下，你势必背负的越来越多，爬得就越加艰难。想继续往上攀爬，你必须放下，才能轻松到达山巅。

无论何时，都要弄明白：什么是最重要的！

这是小鸟给我们的启示。

创新奇才乔布斯

斯蒂夫·乔布斯走了，这个时代最伟大的创新奇才早已安然睡去。苹果失去了一位天才，世界失去了一位梦想家。然而他的产品没有走，还在为我们的生活带来革命性的便利和愉快的体验；他的精神长存，给人类留下一种共同珍视和稀缺的财富：创新精神和富有想象力的心灵。

乔布斯的创新精神和创新能力，世人有目共睹。乔布斯对科技改变生活的痴迷追求，举世难寻。

那么，这样一位被贴上"创新"标签的奇才，他有什么样的神力呢？

在乔布斯的创新定义里，创造性地使用别人的成果也是一种创新，找到一种完美的体验也是一种创新，这逐渐形成了一种"乔式"创新理念。

人们总结了乔布斯短暂生命历程中对人类的六大贡献：一是通

过苹果电脑 Apple-1，开启了个人电脑时代；二是通过皮克斯电脑公司，改变了整个动画产业；三是通过音乐播放器 ipod，改变了整个音乐产业；四是通过智能手机 iphone，改变了整个通信产业；五是通过 ipad，改变了 PC 产业；六是即将推出的电视，要改变电视产业……人们惊奇地发现，我们的生活多多少少都受益于他的苹果集团，可惜，他走得太早，要不，也许他会改变与我们天天朝夕相处的房地产……而这一切的一切，都是在创新，乔布斯说："领袖和跟风者的区别就在于创新。"他是电脑行业的领袖，他是领导者而不是跟风者，他的生命里涌动着创新的激情。

智能手机把互联网放入了我们的口袋，乔布斯使信息革命不仅变得易懂，并且直观和有趣……他改变了我们的生活、重新定义了整个产业，他改变了我们看世界的方式。美国总统奥巴马评价乔布斯是"美国最伟大的创新家之一"。评论家们也拿他与托马斯·爱迪生、亨利·福特相提并论。

纵观乔布斯的一生，他事业中迈出的每一步都在掀起一场产业界技术与创意运用的新风暴。正是由于他创意不断的睿智理念、孜孜以求的革新精神，人们更愿意把他看作一位开启时代大幕的创造者。

活着，就是为了改变世界！道出了这位创新奇才的人生信条。也证明了，一个人是否值得大家铭记，是否永远活在世人心中，生命长短并不重要，精彩的生命历程才是最重要的。

50万能干什么

　　50万能干什么，小市民说，买一套小面积的房住着，图个安居乐业；农民说，买鸡蛋孵着，办个大型养鸡场；工人说，买个数据车床，弄个小作坊；当代大学生创业者说，哇塞！这50万元钱能够让我和同学创建一个实体了。

　　50万的钱是定数，但是到了智慧者手里就成了变数，或许在"卵生鸡，鸡生卵"的循环演变过程中成几何倍数的翻升。

　　1998年马化腾团队凑了50万创办了腾讯；1999年丁磊用50万创办网易；1999年陈天桥炒股赚了50万创办了盛大；1999年马云等18人凑了50万注册了阿里巴巴。他们没有让这50万成为定数，也没有拿着钱去买"提前安享"的住房，试想，如果他们其中一些人当年拿着钱去付首付买房的话，也许现在他们还在往银行跑着还贷款呢，而不会成为今天的商界巨子。

　　如今，看着他们的事业蒸蒸日上，我们能没有诸多感慨吗？

马化腾啊马化腾，你才 40 多岁，你的小小 QQ 让多少人宅家海聊神侃，让多少人魂牵梦绕？人们不知道你这个腾讯公司 CEO 的 QQ 号码，要是知道的话，全民一定都会偷你家的菜。

更厉害的是丁磊先生，15 年就搞的网易风生水起。他凭借敏锐的市场洞察力和扎扎实实的工作，将网易从一个 10 几个人的私企发展到今天拥有超过 3000 多名员工，成为在美国公开上市的知名互联网技术企业。2012 年福布斯中国富豪榜单，丁磊以 185.9 亿元排在第 15 位。

最让家长和教师头疼的就是陈天桥了。复旦大学毕业的你以 50 万元启动资金和 20 名员工为基础，创立了盛大网络有限责任公司，做什么不行啊，你偏偏做了网络游戏业，还以 30 万美元取得韩国 Actoz 公司旗下网络游戏《传奇》在中国的独家代理权。奇异的网络感受，让众多孩子着迷的要死。其后，你一举成为中国网络游戏业的领头羊，遂跻身中国富豪行列。

一个"人不可貌相"的马云通过 10 年的打拼，将自己造成了互联网领袖之一。一个中国领先的阿里巴巴 B2B 电子商务公司，给来自中国乃至全球的买家、卖家，搭建了高效、可信赖的贸易平台，让很多人都跟着发了财。

所以，50 万的钱说多就多，说少就少。

朋友，你若是有 50 万，你想干什么呢？

父亲精神

我的父亲在 20 世纪的第一个五年里出生，在"五四"新文化运动时期开始学习。一生孜孜以学，治病救人。

听父亲讲，他最开始的学习和凿壁偷光没有什么区别，典故上的凿壁是为了偷光，而我父亲凿壁是为了能听清楚隔壁私塾里传出的声音："人之初，性本善""赵钱孙李，周吴郑王""天地玄黄，宇宙洪荒""天对地，雨对风，大陆对长空。山花对海树，赤日对苍穹"。当时的父亲就是爬在自家的墙根，通过墙上的洞听邻家这些翻来覆去的背诵的。私塾里学习的孩子还没有背过，他却全都背了下来。不知道是什么意思，也不知道字的形状，起初只是觉得好玩，后来才知道是字，连起来可以记录语言，还能写信⋯⋯

有一天，父亲的机遇来了。这天，当隔壁私塾里传来悢悢的背诵之声时，他就在自家的房顶上大声地背诵起来。声音传到了隔壁，先生让弟子们一起静听远远传来的朗声背诵，一字不缺。先生觉得好奇，于是深夜来到家里一探究竟，当得知原委后，第二天早上就让一个学生送来了《三字经》《百家姓》《千字文》《笠翁对韵》四本书，说是借给父亲的，三个月要还的。三个月就三个月，父亲开始依照自己记忆中的字音一一与书上的字形对照学习，常常通宵达旦。有一天，先生来讨要这四本书，顺便检查了父亲的学习情况，他简直被父亲的学习态度惊得目瞪口呆。父亲说，那时候，他是晚上誊抄书，白天，劳动之余在田间地头用小柴棍写字。开始誊写的字连他自己也不能辨认，后来他给先生送去了几个大北瓜，先生免费传授了一些写字的诀窍，写的字才逐渐好起来。后来先生觉得父亲是可塑之才，又送来一本《论语》，又让他免费听了几次诠解。父亲说从《三字经》《百家姓》《千字文》中学会了汉字，从《论语》中学会了如何做人。现在想起来觉得父亲说得很有道理。

父亲后来做了医生，是远近闻名的中医，被父亲从垂危病情救回的人不计其数。每年的春节在我家就成了感恩节，提着大包小包感谢救命之恩的人很多，这些人提到被救之事总是感激涕零。

我就亲眼看到过一个已经进棺材的人被父亲救活的全过程。那是一个喉咙长脓痈的四十多岁的男人，因痈堵塞呼吸道窒息而"死"。家人没有医学知识，以为真的死去，装殓入棺。但是其妻始终不认为他死了，于是家人急忙来请我父亲去诊治。父亲让我提着小药箱和他一起去，走到那人家里，只见一个大大的棺材放在院中，挽幛飘飘，哭声连连。父亲连忙问明情况，俯身反复查看，发觉此人脉若游丝，气息尚存，体表余温可触。顺即决定将人抬出棺外，撬开嘴巴，用一个长长的、粗粗的钢针探进去，轻轻地一刺，病人立刻大口吐血，脸色瞬间由蜡黄变得红润，不一会儿，居然挺身坐了起来。家人和众乡亲见状，齐刷刷地跪谢父亲的救命之恩，一百多人就那么跪着，那场面真是感人之极！记得当时父亲在棺材盖儿上铺开处方纸，开了几服草药，吩咐家人照方子去药店抓药，煎服。然后，分文未收，在众人的感激声中走出了那个还挂着挽幛的大门。

父亲以研究中医喉科为主，所学全是自学。向老名医求教切磋是他最喜欢的人生交往，闲暇时间就是看书，一摞一摞的医学书籍是家里的一大风景。李时珍的《本草纲目》和孙思邈的《千金方》以及一些喉科理论，都是繁体字，我后来读了大学中文系后偶尔翻看还有不认得的字。当时的父亲遇到不会的字就问那些老秀才们，然后记下来，回来后细心斟酌的研究。学中医是很艰难的，他说：需要尝遍"百草"，试尽"千方"后，才可以给别人用，也经常因此而中毒。我们这些孩子们上学后，父亲觉得学习医学著作方便多了，有不会的字，父亲就作个记号，到星期天的时候问我们。父亲年逾古稀时，还仍然勤学好问，笔耕不辍。眼神睿智，思路敏捷，早起闻鸡起舞（太极拳），晚上抄看医书。父亲去世后，他抄写的各种验方和记的医学笔记，成了我们家最有价值的遗产，我们兄弟几个每人都分到了几本。

给人治病是父亲最大的乐趣，父亲常说，做一个良医可以救人一命，胜造七级浮屠；做一个庸医等于谋财害命，让庸医看病还不如在家等死。

这句话我曾在"给儿子的一封信"中引用过，希望读北大医学硕士的孩子有所感悟。为了教育孩子，在他临去大学前，我给了他两份礼物，用黄色绸缎包裹起来的，他爷爷用过的青花瓷药研钵，里面有了一层药垢，打开来药香扑鼻；另一件礼物是他爷爷抄写的医学名著《千金方》。孩子表示一定悉心求学，向爷爷学习，将来做一个名医。

愿"父亲精神"在我的孩子身上得以发扬。

多少年来，每当我疲倦厌学的时候，想起父亲那在油灯下抄写药方的身影，我就会精神百倍。每当我遇到有人需要救助的时候，我总是伸出援助之手。工作中，我勤勤恳恳；学习上，我孜孜以求，治学严谨，无私奉献。

父亲精神，是永不疲倦，孜孜求学的精神，是严谨做事的态度，是善心永驻的情怀，是堂堂正正做人的行为，更是博如大海的胸怀。

聪明的蜘蛛

　　人迹罕至的墙隅树丛间，人们常常能发现若圆盘状、漏斗状、皿状、帐幕状等形状的细密丝网，网上还时常挂着小型昆虫的残肢断翅。

　　谁也知道，这美丽的网是聪明的蜘蛛为获得食物而给昆虫精心编织的陷阱。

　　可以说，蜘蛛是生物中最杰出的设计师和纺织家。

　　它的成功得益于它身体的奇异功能——喷拉可凝性丝线。这些丝线种类繁多，功能各异。有垂线丝、脚手架丝、捕捉丝等。蜘蛛就凭借这些丝织出强韧的网。

　　那么，蜘蛛拉丝的原理何在呢？原来，蜘蛛丝的主要成分是蛋白质氨基酸，在腺体内呈液态，从蜘蛛腹部的丝疣吐出，与空气接触后，水分快速散发而形成非水溶性的固态蜘蛛丝。蜘蛛丝的直径只有人类头发的十分之一，但其延展性极佳，干的蜘蛛丝延伸 35%

也不断裂，强度更是同直径钢丝的五倍。

有了这些吐丝的功能和本领后，蜘蛛就借助外界条件和聪明才智去完成自己最美的设计。

那么，头尖、腿长、肚子圆的笨蜘蛛不具备飞行功能，它是怎样在相隔很远的物体间拉丝编网的呢？

据观察，聪明的蜘蛛在布网的时候能运用"力学"和"几何学"原理。这个问题，是我在参加一次桃林野炊游的时候发现的。中午吃完野餐，在树林间看蜘蛛"劳作"，看了一个又一个，我发现小小的蜘蛛在两物体间结网，有三种架设经线的方法。

第一种：借助风力。先站上一棵树，撅起屁股喷出几条长度足以到对面树上的搜索丝。然后，蜘蛛就静静地等待着风的到来。等啊等。几条透明的丝线飘在空中，闪闪发光。可以看到，蜘蛛时不时地用脚去触摸蛛丝的固着点，它感觉哪一根丝拉不动了，那么就说明这根丝已经飘缠在对面的树上了，这样，第一根"天索"就借助风的力量架设而成。于是，它立刻加固这根丝线，来来回回再粘上几条丝，一根粗粗的高架"缆绳"就出现在两树中间。接着蜘蛛用前边长长的触手援着缆绳，尾部向下垂着，在这条粗"缆"下方，平行地架设第二条"缆索"，然后是第三条……

第二种：借助弯路。在无风的环境中，蜘蛛将丝打结在高空第一附着物上，然后顺物而下，高翘着还在喷丝的尾部，小心翼翼，一步一步向前爬，走下物体，来到地面，依然小心再小心，不让丝线沾到地面的沙石或别的物体上，如此走过，爬上了对面的物体，一直上爬，估计高度差不多了，将丝线缠绕在一只腿上，收紧丝线，如此这般往往复复，一根根经线就这么架设成了，以后再跨栏似的编织交叉的纬线，形成规整有序的网。

第三种，依靠昆虫。在地面昆虫爬行较多的环境中，蜘蛛将丝线吐成一条一条的垂丝延展到地面，地面上走过一只昆虫，说不定那条丝线就粘附在其身上，这昆虫如果能爬到对面的树上，丝线就有可能被挂结在树枝上，第一条缆索就有了。这一着全凭运气，因为成功率不高，只有一个蜘蛛用。

以上三种是蜘蛛最初在两物体之间架设"钢缆"的方法。这些"钢缆"我们可叫它经线，那么纬线是如何铺设的呢？

无论哪种方法架设"钢缆"完成后，蜘蛛会放出一根悬垂丝，并在这根丝的中段加上第三根丝成 Y 字状，形成蜘蛛网最初的三根不规则半径，再加上 50 多条线，构成一张网的雏形。

工作还没有完，接下的是铺设螺旋线，纺织成网状。蜘蛛以网心为起点，织出一根自内向外的螺旋线，当作下一道工序的"脚手架"。需要指出的是，直到"脚手架"搭好，蜘蛛所织出的网还没有黏性，也就是说还粘不住昆虫。这时，蜘蛛会休息片刻，突然鼓起小腹，我们知道，它开始从外向网心铺设有黏性的丝了，即捕食螺线，同时把"脚手架"啃吃掉，完成最后一道工序。

平常蜘蛛隐藏在蛛网的边沿，或者网洞内守网待虫，等只顾飞行的昆虫一头撞上了，它才会迅速过去，将含有毒素的液体注入昆虫体内，使昆虫瞬间昏迷，然后迅速放丝缠绕，打包回府，慢慢享受。

从蜘蛛结网中，我们可以得到许多启示。蜘蛛生活在大自然中，风吹雨打。有时风吹网破，雨扯网废。甲虫撞了大洞，鸟类破网食蛛现象时有发生。但是，它从没有气馁过，害怕过，破了它再结，再吹破，它还结。如此锲而不舍，为的是生活。

它的网制得精巧而规矩，总是八卦形地张开，仿佛得到了神助。

蜘蛛喜欢逆时针方向编织。据考证，这来自于遗传基因，它的八辈儿祖先就是这么编织的，它从来没有想到过改革。

蜘蛛不会飞翔，但它能够把网织在半空中，靠的是信念、机遇和执着。信念是一种无坚不摧的力量，蜘蛛放出丝线就是坚定了它飘飞的信念，何时能飘飞起来，飘到何处就看风力和风向了，这就需要机遇，等待机遇的时间也许短也许长，就看是否能够充满信心地等待。

当你坚信自己能成功时，你必定能成功。

向母亲学修辞

　　我的母亲没有上过学，但她认识她的姓名。问她为什么，她说，因为生产队分粮食时，每个粮堆上都有一个纸条儿，不认得就找不到自家的粮食。后来，她还真学会写了，于是，生产队里文化情况登记册"文盲"一栏上，没有母亲的名字。

　　母亲是我的德育教师。她不但用一言一行教我如何去面对生活、如何去认识生活、如何热情地投入生活，还培养了我健全的人格，良好的品质，独立解决困难的能力以及远离恶习，承担责任，善待他人的习惯。和这些相关的故事，我在其他文章中都有赘述。

　　这里特别提到的是，我还向母亲学习了修辞格语言。她在不经意的言谈话语中教会了我运用修辞来表情达意……

　　小学里安排了早读，要求六点到校，我每天按照闹钟的点儿准时五点半起床，后来闹钟坏了，我还是条件反射式的起床，从来都是准点到校。有一天，母亲把亲手做的棉帽子戴在我头上说：你真像咱们家早起打鸣的公鸡，又俊又勤。觉得母亲这话说得好，我就在当天的作文中写了进去。没有想到，作文因此得了全班最高分。回来念给母亲听，母亲听出里面有她说的话，很高兴。也许是母亲受到了鼓舞，觉得她说出的话为我的文章增色了，她就时不时地说出个修辞句来；也许是我得益于母亲的话而文章水平大长，也就对母亲说的话留意了。反正，以后的作文经常得到老师的表彰。后来，随着语法知识的学习，我就能分辨出母亲的话哪句是比喻，哪句是拟人，哪句是夸张……。心里觉得母亲是修辞学家似的。

我那时候不知道热爱生活就能细致地观察生活，细致地观察生活也就能描绘生活的道理，只知道母亲说的话写进文章就能得高分。

有一天，我刚出校门，就看到乌云几乎要压上头顶，空气中弥漫着潮湿的土气味儿，有雨点儿打在身上，正要撒腿跑的一刹那，忽然看到母亲从黑暗的林荫道上奔来，一边递给我雨披一边说："还不快走，你看，棉花籽油似的云，抱着雨过来了。"我一边跑进母亲的怀里，一边问："云怎么是油了？"，母亲说："棉花籽油黑啊，你看云不是也黑起来了吗？"我看云时，觉得云，没有棉花籽榨的油那么黑，觉得母亲是夸张了。但是，进家门的时候，雨还没有下起来，却看到天上的云真的黑到了极点。我于是觉得这话是经验之谈，说得太恰当了。当我把这话写进作文的时候，老师说我的话来自于生活，那时我心里嘀咕：这是来自于我母亲说的话。

后来母亲很多话我都记在心里，说人幼稚：黄嘴芽子没有掉；说蚂蚁行动有序：过中央军似的；说大白菜长的圆实：一个个赛过和尚头；说我们家浇地的淋沟跑了水：黄泛（黄河水泛滥）起来了，等等。母亲的语言简直丰富极了，而且每每用的都是形象生动。

这些朴素的语言给我的作文带来了美，每次我把母亲的话写进了我的作文，我都拿回家，给母亲念一念。每当这时，母亲就像老师似的指点这儿不对，那儿不对，脸上洋溢着自豪的神情。我说："娘，你知道吗？你说出来的话，我用上的都是修辞句。"她于是打趣地说："是啊，算是磁儿吧，比瓦亮。"忽然觉得，母亲这句话把修辞的作用也言明了，母亲真伟大。我想，母亲要是能上学，一定能成为一个修辞学家的。

后来，我高考中榜，成为村子里第一个大学生，母亲对父亲说："咱儿子能考上，有我的功劳呢，你知道吗？我教给了她不少带磁儿的话呢！"

现在想来，母亲不但教我说修辞话，还培养了我对汉民族语言的热爱。

总觉得我的每一篇见诸报端的文字里都闪动着母亲慈祥的面容！

你告诉自己，必须有一门专长

一天，会见一个从美国归来的朋友，推杯换盏之后，他很感慨地说："在美国生活，你首先要告诉自己，要有一门专长。不然你一定活得没有尊严，甚至去捡垃圾。"

我说："在中国生活，没有专长，不像你说的那么可怕，但若没有专长，一定会活得很尴尬。"

他说："何以这么说？"

我说："捡垃圾的中国人是不考虑什么专长，什么尊严问题的。"

"那尴尬怎么理解？"

"在某团队里，若没有专长，你只能是唯唯诺诺、谨小慎微地做事，甚至你和同事及领导也只能黯然相处。社交场合中你若没有专长，你只能尴尬地站在一旁听人家吹拉弹唱、侃侃而谈，看人家舞文弄墨、展演腾跳，自己只能小傻子似的在一旁尴尬地待着。"

他似乎不懂我说的这些，自管自地、深有感触地讲了在美国有专长的重要性。美国是一个十分注重效率和功利的国家，所以，美国接纳的是对本国的社会经济发展有益的人，正因为这样，只有来美国投资、高消费的人和有一技之长的人才能顺利拿到绿卡。他亲眼看到在美国移民局里的中国农村妇女申请绿卡的一幕。她申报的理由是有"技术专长"。移民官看了她的申请表，问她："你会什么？"她回答说："我会剪纸画。"移民局官员不屑地笑笑。但这位中国妇女说完竟从包里拿出一把剪刀，轻巧地在一张彩色亮纸上飞舞，不到三分钟，就剪出一群栩栩如生的各种动物图案。美国移民官瞪大眼睛，像看变戏法似的看着这些美丽的剪纸画，竖起手指，连声赞叹。这时，她从包里拿出一张报纸，说："这是中国《农民日报》刊登的我的剪纸画。"美国移民官员一边看，一边连连点头说"OK"，她的绿卡就这么 OK 了。旁边和她一起申请而被拒绝的大学生们又羡慕、又嫉妒。

讲完之后他长叹一声说，在这样的美国，你可以不会管理，你可以不会金融，你可以不会电脑，甚至，你可以不会外语。但是，你不能什么都不会！你必须得会一样，并且你要竭尽全力把它做到极限，当别人问你"你会什么"的时候，你能拿得出手。这样，你就会永远 OK 了！

这一番宏论，让我联想到了当下祖国义务教育的热门话题——素质教育。素质教育要培养综合素质人才，培养对社会有益的有能力的建设者。

家长和教师应该提倡学生有专长，在学好文化课的同时掌握一种在爱好支配下的、逐渐培养而成的专长，这才具备现代综合创新人才的知识结构。

专长也叫特长。据《现代汉语词典》的解释，特长是指个人特别擅长的技能或特有的工作经验。其中，技能是指掌握和运用专门知识的能力。

中国有句古话："纵有良田万顷，不如一技在身。"现代社会也有这么一句话："千招会不如一招绝。"任何人，做出卓越贡献给社会的都是他的专长，任何精彩人生都是在专长辅助下的人生。往往一切成就、一切幸福都建立在他最擅长的一点上，即建立在"一招绝"上。只要你拥有了能拿得出手的"一技之长"，拥有了一个能让人叹服的"绝招"，你就有了竞争的资本，就有了就业谋生的手段，也就有了精彩的人生。

如果人人有专长，那社会什么样？

只为那闪闪的地道灯

偶去应酬，有个朋友问一个批发店的老板："你为什么来我们这么一个小城市做买卖呀？"没有想到他是这样回答的："只为了你们中山路上那一条闪闪的地道灯。"

我惊愕了，一个在我们看来司空见惯的城建设施，居然起到了招商引资的作用？

小县城，是一座古城，人杰地灵，文化遗产众多。但在环境优美方面，着实没有什么可炫耀的地方。由于人口众多，再加上有几个大的企业，批了个省级区域性中心城市，市委市政府就把亮化美化工程列为重中之重。最为亮眼的是，路上的黄线及路沿线都镶嵌了反光小地灯。到了晚上间歇式闪动，很能显出城市井然的秩序和管理的规范。人走在这闪动着调皮小眼睛的路上，没有了烦躁，反而觉得安全了许多；车走在路上，连续的小灯组成闪闪的灯线把城市的道路勾勒的清晰灵动。

其他的朋友都觉得大老板说得小题大做了，都以他在小县城找的小妻为话题调侃他。甚至有人说他不是为了"小亮灯"而是因为"小靓女"才来小城市投资的。

他于是急了，脸憋得通红，列举了好多证据，核实他和小妻认识的时间是在此地投资企业三年之后。我想，他真是想由此证明"为小灯而来"话的正确性。

他身旁的靓女老婆也附和着说："他说的话没有假，还对我说过一次呢。人家不是为我而来，而是为小灯而来。"言语中带着嫉妒和埋怨。

先不说"只为了你们中山路上那一条闪闪的地道灯"这句话是否有水分，单说他能说出这句包含深意的话，就能看出，城市里小小的人性化市政设施就能让人舒服，甚至让人陡升在这个小城投资并安家的想法。

如今，个别城市建设设施，有的是好大喜功，大而笨地摆在哪里，给人们添堵；有的是形象工程，中看不中用。

为官的一举一动，人民都能看在心里，反应在街谈巷议上。人们赞赏的是你为民做了多少好事、实事，而不是争了多少权，花了多少钱。

小城的城南有两条河，一条是臭水沟，城市的所有污水都排放在这条沟里，人们常常是掩鼻而过，叫苦连天，怨声载道。沿小河而建的小区楼房价格低廉，即便是有人买了也苦于环境的不适而迟迟不入住。一条是清水河，那里有清清的河水，潺潺的清波，有青青河边柳，还有偷闲享雅趣的垂钓者。早晨人们在这里散步练歌，晚上人们在这里纳凉打坐。不知道什么时候，市政在小河旁的小树林里铸造了一些造型奇特的小板凳，散步的人走得累了就随意坐在小河边休憩，在小桌旁下棋、打扑克、唱秧歌小调，一派乐融融的美好景象。

　　这小小的设施，花不了几个钱，却显示了官对民无微不至的关怀，显示了处处为民的服务宗旨，显示了一个政党积极向上的执政态度。人民还有什么理由不为城市的建设而增砖添瓦呢？

　　愿路上的小灯永远闪亮！

咒语佛心

去五台山旅游，无论到何处，耳畔总是回响着大悲咒的旋律，让人陡生超离尘世之感。

小外甥问我，姥爷，你说他们反复唱响的是什么呀。我说，佛语意无边，你听到什么就是什么，他侧耳听听说还是不知道。我说，你听，佛知道我们又饥又渴就说：唉呀呀，唉呀呀，喝点小米粥吧！

他笑得前仰后合喘不上气来，知道我说的是笑话。

我说啊，佛学是博大精深的一门学问，是需要悟性才能学懂的科学。我说得模棱两可，他听得也是云里雾里的。

其实我还真的没有研究过佛学，更不懂得大悲咒的精髓。但，我这人有个特点，凡不懂得之事就想闹懂，都想问个为什么。于是，回家后，查了经书，搜索了网络，才知道类似"唉呀呀，唉呀呀，喝点小米粥吧！"的声音是大悲咒中的"娑婆诃，娑婆摩诃（大成就）阿悉陀夜，娑婆诃，者吉罗阿悉陀夜，娑婆诃，波陀摩羯悉陀夜,娑婆诃。"其含义大概是:手执莲花的人是有无比成就、深明大义之人,他用法螺之声,让人们开悟。

你看看,这么深奥的道理也该用这么韵味极强且婉转悠扬的声音唱响出来。

顺便看了其他的咒语,还知道了《心经》中有一个咒语是"无上大明咒"。它是一切咒的本源。按音记录是这样说的"揭谛揭谛波罗揭谛波罗僧揭谛菩提萨婆诃",复杂得很,按照文学大师兼佛学体验者林清玄的翻译是"体验再体验,体验到最深的地方,这是唯一走向彼岸的方法",按照这样翻译的话,这句话就带了一种很明朗的哲理成分,如其所说,人们就很容易找到成功的秘诀——体验。看来佛语乃真言是毋庸置疑的。

我这人还是有佛心和佛缘的。也许我是多情之人吧,"不俗即仙骨,多情乃佛心。"到一处圣地总喜欢拜一处真佛,拜一处佛就希望平添一份慈爱之心,并去掉执拗之心。

佛语箴言:人啊,只有多拜谒,才能明于一事一理;只有多些心戒才能不做逾越之事;只有拜会明大理之人,才不会迷茫,只有祛除杂念才能让自己的身心变得超然纯净。

智者苏东坡

　　九百多个月儿的阴晴圆缺，携来了人世间数不胜数的悲欢离合。东坡月下痛饮放歌，吟咏《水调歌头》的身影总在我梦的星空里摇曳。

　　偶梦：中秋之夜，约诗友在河北定州东坡双槐下小酌吟诗。树枝慢摇，树影婆娑。天色大亮，光束横呈，幻化了的苏轼人形伴随着一轮完美无缺的圆月，身放祥光，端坐深邃蔚蓝的长空浮云之上。我们惊诧再惊诧，急忙同举杯邀请"朝中命官"。然而，他居然全身告退，隐没在浮云中。当我们再对浮云举杯诚邀"双学士定州知州东坡大人"的时候，这轮圆月突然从荫翳的云层中喷薄而出，照得海天澄澈，照得万物俱明，苏子之身形也飘然显现。

　　对着长空挥洒中山松醪酒吧，这原是他对定州人的馈赠。

　　爱好文学的诗友都明白提到"官"字时他决然隐去的原因。

　　那年那月，"乌台诗案"中的苏子，不明不白，银铛入狱，他丢官毁名，他众叛亲离。狱中，他感慨世态炎凉、人情冷淡。面对滚滚长江东逝水，高吟出了："大江东去，浪淘尽，千古风流人物"的感叹。

后来的苏东坡，几经周折得不死之大赦，但却遭贬黄州，知定州，谪英州，调杭州的折腾。他是讨厌了官场，看透了朝廷。

我们山呼："大学士，大学士！"

东坡居士缓缓降下，我们分明看到了一个气宇轩昂，精神矍铄，知书达理的老者。他嘻嘻呵呵地走来，一一接过众人递来的酒杯，举杯豪饮。他抚摸着屈曲苍劲的双槐，口中悲切再悲切："朝云哪朝云，你看，树还是当年我们栽种的那两棵树，可树下对酌的却人不是当年对酌的人啊！明月还是当年的明月，赏明月的人却不是当年的人了。我云中神游，低头才见，这里已是稻谷飘香，秧歌高唱；这里政通人和，这里万物映祥光。有千年老树为证，有众多才子为证啊！"

我们几个人轮流举杯与苏子痛饮。微醺时，有一小子提示让苏子再吟《中山松醪赋》，他清了嗓子，飘身上高枝："……望西山之咫尺，欲霓裳以游遨。跨超峰之奔鹿，接挂壁之飞猱。遂从此而入海，渺翻天之云涛……"

那种酒后遨游苍天的浪漫情怀和放荡不羁、乐观面世，豪情满怀的情感，深深打动了我和我的友人。

问及离开定州后的遭遇时，他做了侃侃讲述：当年，依依不舍，脱靴留袍偷出城门，离开定州，怀着"处江湖之远则忧其君"的情怀去了黄州，那种心情啊，可以用我的诗全解："人生到处知何似，应似飞鸿踏雪泥。泥上偶然留指爪，鸿飞哪复计东西"。吟诵到这里，长叹一声继续说到："人世沧桑，转瞬即逝！宛如鸿雁飞过，只在雪中留下点点爪痕，又匆匆飞去！匆匆飞去，隐没云里雾里！"

有人问及如何看待自己的命运和遭遇时，苏子也是感慨颇多：

"生命多舛学做人哪，你们当代文人余秋雨先生说我"有一种不需要对别人察言观色的从容，一种终于停止向周围申诉求告的大气，一种不理会哄闹的微笑，一种洗刷了偏激的淡漠，一种无需声张的厚实，一种并不陡峭的高度。呵呵！当代有知我者啊！"

看一方浮云又飘来，东坡又要去，"你是如何度过这段情感低谷的？"我急忙提问。

"超然于物外，无往而不乐。这就是我的人生哲学。清晨，敝衣芒鞋，漫步田间，谈天说地，三教九流常与论，来访命官话家常；傍晚，把酒邀月，击水敲石，月升月落全不管，雨天雪天心晴然。古城废园，曾采雏菊杞果以充饥，吮荷里朝露以解渴，扪腹大笑而吟诗——竹杖芒鞋轻胜马。谁怕？一蓑烟雨任平生。"

我们深为他这种通脱自适、圆融贯通而自由无碍的人生境界所折服。于是大家又与苏子举杯豪饮。

又一浪子问："苏学士，你是否也有浪漫文人的儿女情长？"

我觉得他问的有些唐突了，忙要道歉时，苏子却说话了：人有七情六欲，东坡怎无儿女泪啊！妻子王弗亡故，阴阳两隔十余载，我流泪著诗篇"十年生死两茫茫，不思量，自难忘。千里孤坟，无处话凄凉。纵使相逢应不识，尘满面，鬓如霜……料得年年肠断处，明月夜，短松岗。"

随是诉说千年事，但却情深深泪涟涟。若非情到深处，若非铭心刻骨，哪能有这断肠之言！

我们怔怔听时，泪眼婆娑中，黯淡了苏子的身形。

我们看到的还是这轮明月，何其饱满，何其圆润。

惊醒，摸索着笔，记下这与智者东坡会面的稀奇一梦。

擦亮自己的名字

儿子升入初中后，一向快乐无比的他，有一天突然撅着嘴回来了。问他，他说："老班儿总是记错我的姓名，名记错了就算了，还记错姓，叫我王强，都成游击队员了。"

见我笑而不答瞅别处，他搬正我的头问："爸爸，你说说，我怎么才能让老班儿记住我的名字！"

我笑了笑反问他："你说呢？"

"要不，你给我改一个惊人的名字吧！看人家楼上的申奥运，看人家楼下的穆晨阳！名字就是词组，容易被人记住！"儿子羡慕地说。

"那行，给你改成雷锋吧！名人，让全国人民记了这么多年了。"

"不行，不行，早有人叫过的不行！爸爸故意气我？"

看儿子的认真样儿，我拉过儿子端详了一番。

儿子见我看他，打趣地说："看什么看，没有见过英俊小伙儿啊！"

"我在找你有别于他人的突出特征呢，可我怎么也找不到。你就是个平常人，没有惊人之处，老班儿怎么能记住你啊！"

"那怎么办！怎么办！"儿子显然急了。

"好办，刚才爸爸提到雷锋，你说早有人叫过了，自己不能叫了，那你说这雷锋是怎么让全国人民，无论大人还是小孩儿记住的呢，而且记了这么长时间？"

"为人民服务做好事呗！"儿子不假思索地说。

"对了，你算说对了，做对人们有益的好事，坚持经常，就成了人们心目中的好人，人家就能记住你。你试试看，你为班里做件好事，看如何？"我鼓励他说。

儿子默默地点点头。

以后的日子里，班里有了自制的清扫工具架，有了精致的粉笔盒，有了内容丰富的黑板报，走廊里、花园里分别有了"轻声细语上楼梯""花儿草儿也有情！"等吹塑质地的牌子，树上有了"小树等着你认领"的呼号。这些都是儿子带领同学们做的。

老班儿表扬了他，校长表扬了他。全校逐渐形成了人人争做好事的新气象。儿子还成了同学们学习的典范，他的名字前边还有"身影榜样"四个字，他的照片还镶进了学校大门口的宣传橱窗。

他在作文中写道："我成了面镜子，我更应该时常把自己擦亮！"

是啊，名字只不过是个符号而已，起的"惊人不惊人"没有什么关系。关键是你如何让自己的名字闪亮起来。

马云、马化腾、乔布斯、比尔·盖茨等，他们的名字也没有什么惊人之处，但是，他们的名字却如璀璨的明星一般闪亮。

自己挑选的食品最合口

"爸爸，请你以后不要再从超市给我买好吃的了。"

当我带着得意与关爱的眼神，把从超市买回来的儿童美食放到儿子的面前时，八岁的他说出了以上的话。

我疑惑不解（也许还有点怨气）地问儿子："为什么呢，这些都是健康食品，你总是挑食的很！"我说完，一一打开食品的包装，扭下一点，一边往嘴里投一边说："看，这个巧克力膨化饼多香啊！看，这个萨其马多甜啊！看，这个奶糖多香甜啊！爸爸就从来不挑食。"

儿子不说话，怔怔地看着我一个个地品评。

"你说话，你为什么不说话？"对于他的不领情，我似乎有点儿恼怒了。

"你是不挑食了，都是你买的呀！"

儿子这不紧不慢说出的话，令我瞬间石化了。

是啊，我听出来了，儿子其实是说了半截话，后面的话也许是想说"都是你按照自己的喜好买的，根本没有问过我喜欢吃什么。"

我分明知道孩子为什么发出"不让我从超市为他买好吃的"请求了，原来孩子是想按照自己的喜好去挑选食品啊！

"这好办，让他自己去超市选择得了。"妻子说："咱俩尊重他的选择！"

这样，以后的以后，我们带他去超市时，一般都是在门口守候着，等待付账就得了。有时，等他选好食品后，我们再提出指导意见：哪个不能吃，属于垃圾食品；哪个没有看清楚出产日期，属于过期食品，儿子大都采纳我们的意见。这样，为购买食品问题，一家三口终达成一致意见，其乐融融。

后来，我们把这种"尊重孩子挑选合口食品"的小事，归结为一种教育策略。这种策略一直影响到"什么时候学什么特长""什么时候参加补习班"，等等。

随着孩子阅历和思想的逐渐丰盈，孩子开始影响我们的思想。那是在高二分班的时候，我问孩子："你选择文，还是理？"儿子傲气地说："我权衡了一下，按照我每一科在班级里站的名次来看，我去理科班是文科班的损失，我去文科班是理科班的损失。"

我和妻子都笑了，笑声里似乎带了"嘲"的味道。看儿子还是怔怔地看着我们，我就提醒妻子问问他，妻子于是擦掉眼角的笑泪间："那，你到底选择哪个？"

"你们就不要操心了，我自有主见。"

听了他这话，我说："那不行，你得按照我说的办，我最低还是个教育工作者。我看，你理解与表达较好，我还是梦想你将来能成个作家或演讲家什么的，还是选择文科吧！"

我说完后仔细观察孩子的表情，孩子沉默了片刻，眨了眨眼睛问我："爸爸,您忘记家长会上演讲时,讲过的"三只鸟"的故事了吗?怎么轮到自家就不行了呢?"

我再次被儿子的话石化了,我木然,我无语了。

我清楚地记得我给家长们说的话:"千万不要骂孩子为笨鸟,因为世界上有三种鸟,一种是先飞的,一种是嫌累不再飞的,一种是自己飞不起来,就在窝里下一个蛋,梦想着要下一代使劲儿飞的。"

是啊,我这是依照教育心理学知识讲的故事,意在使家长们明白不要把自己的意见强加给孩子,不要把自己想着实现而没有实现的梦想让孩子替自己实现,要尊重孩子的自由选择和自主发展。

对孩子的选择,我们尊重了孩子,他选择了理科。

当他拿到北大录取通知书时,我们觉得孩子的选择是对的,我们的"选择"也是对的。

而且,在这个过程中,尊重起了决定性作用。而这一系列的尊重都是从"让儿子自己挑选合口的食品"开始的。

执着的班长梦

和我不一样，儿子从小就有"官"欲。

刚上初中时，班上推选班长，跃跃欲试的儿子落选了，回到家里就懊丧地撅着小嘴儿向他妈妈诉说选举的不公，言谈话语的意思是说同学们有眼无珠，发现不了优秀的班长人选。

妻子在他上学的初中当教师，我给妻子建议：他既然那么想当班长，你就走走后门，看是不是在下一次选班长的时候给他一个机会。妻子于是采纳了我的建议，给儿子的班主任言明此意。后来，正好赶上新任班长办事不力，虽然有高高的个头，但是说话唯唯诺诺，办事瞻前顾后，没有个雷厉风行的劲头，结果第一次校园歌曲联赛儿子所在的班名次倒数第一。班主任大为不满，由于还没有到选举班长的时候，班主任就想了一个两全其美的办法，当天宣布让儿子做班长助理，虽然是助理，但是，儿子却高兴地接受了班主任的安排，尽职尽责地为班里做事，为同学们服务，深受同学们的尊重和佩服。班主任也很高兴，有了让他正式升任班长的打算。后来，班长考试倒数，班主任就让班长挂了职。这样，在同学们的选举下，儿子正式就任七年级八班的班长。上任后，我发现，儿子有些沾沾自喜，成天忙于班级事务，将班里的事情弄的是井井有条，无论什么比赛项目他们八班总是名列前茅。

但是，亘古在理的"得失观"在儿子身上逐渐应验出来。得了班长，却丢掉了成绩，到八年级的时候，成绩一直总排名第一的儿子却到了中游，下滑了40个名次。我们深深感到了事态的严重，妻子询问了他的任课老师和同学，大家普遍认为是他忙于事务，不安心学习造成成绩下降的。妻子想建议班主任寻他一个不是，撤销他的班长职务，让他专心学习。我觉得不妥，未免太残忍了吧，他干的那么尽心尽力，干的那么有滋有味儿。我建议还是让班主任找他谈谈，言明如果期末考试不拿班级第一，那他就没有资格当这个班的班长了。儿子听了班主任的话后，也感到了事态的严重，为了保官儿，他加班加点儿的学习，晚上我们都睡一觉了，楼上的灯还亮着，偶有低声诵读的声音。到期末，儿子总成绩排名第二。虽然没有像以前那么好，但是我们觉得，老师的话总算是触动了他最为敏感的灵魂，我们知道儿子也许太在乎这个班长职位了，如果当初硬性撤他的职，效果也许不如这么做的好。

儿子的班长梦在上高中时更为明显。他是以优异的成绩考上一中的。按照一中的班干部选拔制度，儿子做班长是顺理成章的事。但是，事出所料，高中的第一个班会是开学第一周周六的晚上开的，并且就在这个重要的班会上要确定班干部人选。可是儿子却忘记了这个决定自己"官途"的重要会议，乐哉悠哉地回家了。回到家里还喜滋滋地说，没有问题，做班长是板上钉钉的事。

可是第二天放学回家，儿子又懊丧着不言语了，问他，他说，我忘记了班干部选举会的时间，班主任以我不在为由，算我弃权，班里的官儿让人们抢完了，说完，眼圈红了起来。

我鼓励儿子说："这不算什么，谁让你忘记了这个大事啊！你不在，人家当然要抢你的官儿啊！再说，咱不当班长一样能考上北大清华。你还需好好学习，说不定，新任班长哪天拉稀了，你就自然成班长了。"

儿子听了我的话，保持沉默，但是我知道，他还是有野心在的。

过了几天，儿子回家有了笑容，说老班给他留了个比班长更大的职位：团支书。

后来，团支书这个职位照样让儿子有得有失。事务也比较多，而且还和其他班联系频繁，有很多社会活动，虽然练就了他很多书本上学不来的社交能力。但我和妻子都担心会影响他的成绩。果然，他的成绩虽一直是班里的前五名，但是总是不能跃居校前五名行列，我们对他考北大清华失望再失望。

不出所料，高考分数出来，他果然没有考上北大，考上了省级医科大学。提起这事儿，儿子还乐呵呵地说，不要着急，考研究生再说，一定给你考个北大看看。

在医科大，儿子还是有当官的梦。他这次不当班长了，想当学生会干部，当"管全体学生的官儿"。那天，各大班推举的学生会干部候选人去学校小会议室参加竞选演讲。儿子着急得比别人提前半小时到的小会议室。他看到会议室乱得不堪入目，瓜果皮满地，烟头和用过的一次性喝水杯随处摆放着，于是，就脱掉西装，默默清扫起来。20分钟的时间，他干得热火朝天，主管学生会的副校长看到了这个在烟尘里埋头大干的小伙子，笑了。等开会的时候，大家都发现小会议室窗明几净，几杯热气腾腾的水放在了主席台上。副校长看到，刚才扫地的那个小伙子在第一排正襟危坐，他会意地笑了。竞职演讲开始了，轮到了儿子演讲，副校长听着他侃侃而谈，满意地笑了。

竞职演讲刚结束，分数还没有算出来，校长就宣布了儿子做学生会主席的决定。人们诧异着，副校长右手指着坐在前排的儿子，笑着说："你们知道今天的小会议室为什么这么干净吗？就是这位侃侃而谈的小伙子用了近半个小时的时间打扫的，这样的人不做学生会主席谁做？大家对我的决定没有异议吧？"

副校长的话还没有说完，下面响起了雷鸣般的掌声，大家都向儿子投来羡慕的目光。

这些竞职过程是儿子告诉给我的，我说，是你为了竞职有意这么做的，还是自然而然这么做的？他说，看到那么脏的会议室，谁也会这么做，其实也没什么。我提醒他，光是有领导才能不行，学医关键是要有过硬的技术才行，做庸医无异乎谋财害命。

他也许记住了我的话，大五那年的研究生考试他居然以优异的成绩考上了北京大学医学部硕士学位研究生，为此，我们着实为他高兴了很长一段时间。

都研究生了，儿子该为学术而战了吧，班长梦该没有了吧？

我们又想错了。

每年，北大医学部研究生大班都需要选出一个班长管理班级事务。先行报名，然后竞选产生。儿子第一个报名了，竞选那天，儿子正装出席。主管领导很满意他的竞职演讲，肯定了他演讲中的一句话：当班长更有助于我的专业化成长，可以在和别人交往过程中学到书本里没有的知识。领导鼓励儿子说：通过你的面试情况，我们觉得你是能胜任研究生班班长的人，你的勇气，你的智慧，你的口才我们都很满意，希望你以优异的成绩，优秀的人格素养，完成北大学业，成为一名优秀的医生。

在以后的日子里，儿子多次获得北大医学部的奖励，还获得了"北大光华奖"，毕业时获得了北京市优秀大学毕业生称号。

我想，儿子这一路走来，总是以昂扬向上的姿态容身于所处的环境中，不甘人其后。其实，作为父母的我们不期待他做什么官儿，我们期待着他成为一代名医，救死扶伤，为人们服务。

第六辑

游记：沙海绿洲行

千万年的风沙打磨和酝酿，造就了大自然瑰丽绝伦的奇景。大好河山，天阔地远的风景令人眼界大开；那些小桥、流水、人家，令人流连忘返。觅得一处风景欣喜若狂，读了一篇美文，如饮一杯玉液琼浆。

身披晚霞逛苏堤

很小的时候就听大人们提起过西湖，印象中总有"神往"二字，总觉这"人间天堂"是世上最美的去处。

百闻不如一见，去年"五一"长假，偿了夙愿，有了一次快乐西湖游的机遇。我这才真真切切地感受到了西湖是一幅天然画卷。古今中外游人歆羡西湖美景的角度各不相同，他们倾倒于"水光潋滟晴方好"的明丽；陶醉于"山色空蒙雨亦奇"的朦胧；惊叹于"菰蒲无边水茫茫"的阔然。但身披晚霞逛苏堤的感受谁又能知晓呢？

我们向导游建议，在这晚霞初照之时再给两个小时的时间逛苏堤。导游也是爽快之人，居然答应了我们的额外请求。为此，我们像是拣着了大元宝似的欣喜若狂。好客的西湖导游女郎站在苏堤端口招呼着众人，晚霞里的她亭亭玉立，素裙红绿，紧衣束带，柔声细语，仙女一般。

漫步苏堤，晚霞扮靓了远山近水，金辉抚罩着绿女红男。你看那五月之西湖，春水漫漫、杨柳夹岸，艳花灼灼，波平如镜。你听那江南丝竹乐陡然飘来，悠扬而又辽远。伴着乐音，悉心欣赏这举世闻名的苏堤，但见长堤起伏绵延，湖水浮大堤，垂柳撩人意。俯下身来，手可触水，水面人影婆娑；仰望远空，鸬鹚戏三潭，潭鸟影相连。这水鸟时而疾起掠空，时而俯落点水，追逐嬉戏，其乐融融。

晚霞里，夜游船船灯闪烁，光影游离；夜雾中，南屏山山色空蒙，林木葱郁。

漫步苏堤，长堤卧波之感真切而明晰——它连接了南北两山，隔断了东西双湖，给西湖平添了一道妩媚浪漫的风景线。书载"苏堤春晓"，令人向往。后人将这一景评为西湖十景之魁，一点也不为过。

漫步苏堤，你会被不断跃入眼帘的景色所惊叹，甚至心醉神驰，怀疑自己进入了人间仙景、世外桃源。最动人心魄的，还在这月沉西山之时，轻风徐徐吹来，柳丝舒卷飘忽，置身堤上，脚步顿时变得曼妙轻盈，呼吸着实变得格外顺畅。长堤延伸，一段一境界，一时一情愫；湖山胜景，如画似卷，一一展开；万种风情，观瞻多变，任人赏览。

是啊，这是画卷吗？是画卷但比画卷更美！有谁能在画卷里听到潺潺的水声，能感觉到那"吹面不寒杨柳风"，能享受到这晚霞暮风的抚弄，能嗅到别样的水草味儿伴花香呢？

徒步走过一个个造型奇特的小桥，抚摩着光滑的石桥栏凭桥观景，顿觉"六桥烟柳"列为钱塘十景，真是名副其实。一口气逛了苏堤上的六座拱桥，至今还记得她们的名字：自南向北依次名为映波、锁澜、望山、压堤、东浦和跨虹，各有诗意。独立桥头，举目所见，远山近景、各领风骚。真真明白了"自古苏堤多才人"之说。是啊！很想作诗！

华灯初上，环湖路灯把西湖水域勾勒得清清楚楚。西湖就像穿上了缀满珍珠的裙带，金光闪闪、风姿绰约，仙女一般亦真亦幻。

白蛇娘娘呢？有人惊呼。那里！南屏山巅，黄灿灿的全铜质雷峰塔清晰可见。在哪里啊！在那里——有灯在辉映，有水汽在缭绕，有大山在遮掩，又好似若有若无，神气活现。

啊！白蛇娘娘啊，你也不寂寞，水蒸雾绕为浴，仙山佳景作伴，往来游人相陪，悠哉乐哉。

清风徐来，霞光渐淡。导游几次催促，我们怎舍得离开啊，真想跳入这水中，化作鱼儿化作萍，生生世世享美景。

啊！再见了，苏堤！愿长堤长存，来亮丽这美好河山，来承载历史，来褒扬当年浚河造堤的苏东坡好官！

水韵九寨

黄山归来不看松，九寨归来不看水。

早就听说，九寨沟的水是亦真亦幻的圣水。暑假里，带着一种"朝圣"的心情，翻山越岭踏进了这一水韵王国。

三山夹两沟。

蓝天白云下是青翠欲滴的山，远离尘世的大山深处，净土之中流淌着震惊世界的美——仙界一般。

我惊呆了！

努力追寻着大自然的韵脚，倏然荡漾起的是心灵的韵律。"清爽""自由""豁然""无忧"等等词语的内涵就这么明朗起来。

与山峰相望我饱览了生命的绿色；与蓝天相望我拥有了洁白的云朵；与水相依我顿然有了心灵的澄澈。

九寨沟的水是滩流、是叠瀑、是海子、是彩池组合而成的人间仙境。

珠落玉盘叮咚咚的珍珠滩。

这里的水，源于高山雪溶。冰冷彻骨的水，经由红松、冷杉林，穿过领春木、连香树，又从漫山遍野的杨柳丛中漱根而出，水梳红根，如丝如缕，倏忽漫卷。摆脱树丛的阻隔后，着急的水流就堆成了一个个小水峰，像洁白的藏羊，成群结队，推搡着漫撒而来。这时的滩头水全然没有了杨万里所写的"泉眼无声惜细流，树阴照水爱晴柔"之状。滩水流经开阔地带，偶遇石臼岩棄则溅得细碎如珠，欢快地跳起，又裹挟着阳光叮叮咚咚地落下，这大珠小珠落玉盘的景象就极为热闹了。

水击石破轰隆隆的叠瀑奇观。

珍珠滩水流蹦蹦跳跳着一路走来，只顾得兴高采烈地赏景观天，没成想一脚踏空，随众姐妹一起扑入深潭，摔成浪花朵朵，碎成珍珠万颗——珍珠滩瀑布犹如一面巨大晶莹的珠帘，从天涯云端垂挂而下，而在跌落的过程中又遇凸石，则又跌成一瀑中瀑，层层叠叠，壮美至极。远远就能听到气势磅礴的轰隆声，置身于这流珠飞玉的叠瀑之下，真有"银珠飞溅滚滚来"的感受。

讲述着美丽传说的海子。

美丽的九寨沟有 118 个海子。高山雪水携带着大量的岩溶矿物质经由溪流、瀑布、深潭，深一脚浅一脚地一路下来，趋于平静后，水还不甘心，心想，我何不逗留片刻玩一玩呢，她这一玩，便制造出一个个水源相连，但个性鲜明的海子来。这海子大多喜好悉心沉绿，恨不得储藏天下所有绿色，加之海子中特有的植被，便形成了一个个奇美的湖绿景观。

这么多的海子各成一景，无法一一言说，印象最深的当数芦苇海、五花海、火花海、镜海。

芦苇海蜿蜒曲折，好似一条游龙横卧在山谷之间。其水域盈满青青芦苇，唯有中间水流飘然如带，银光闪闪。导游说，很早以前，一位仙女按下云头，偷看人间，偶见此处水流清澈，便来宽衣解带下海洗澡，洗完后慌忙之中竟将自己的束带遗落在这里，才形成这衣带景观的。

看！那湖底景色如画的是五花海。这海形成年代很久，含碳酸钙质的池水，与含不同叶绿素的水生群落，在阳光作用下，平生出诸多色彩，一团团、一片片，有湛蓝、有墨绿、有翠黄。岸上花叶的赤橙黄绿倒映池中，在太阳的辉光里，显得五光十色，绚烂得令人着迷。同样着迷了的有不小心坠落在水中的山影，还有伴着山影的蓝天白云。这神奇的海子啊，她一定是想将人间最绚烂的风景都拥入怀中！连千年古树也为之倾倒，整冠挂袍地平躺在这水晶里，钙化之身成植物珊瑚状，千年不腐。其上还生出许多水中仙草，青青着万代不灭的风景，难怪九寨沟的人说五花海是神海，它的水洒向哪儿，哪儿就花繁林茂，美丽富饶呢！

火花海名副其实。微风吹动，湖面浮浪此起彼伏，日出时分或晚霞初照之时，溅起的浪花披上霞光，唯见火花闪闪、光浮星落的绮丽景象。其水质清澈如水晶，游鱼浮潜无依，沉柯历历皆见。

相比之下，镜海宁静了许多，好像水流到这里就开始了哲理的思考一般，蔚蓝如镜的水面，静静地反射着神秘莫测的粼粼波光；连水中鸳鸯也不忍踏破镜面，躲在岸边柳下，调皮地与游客捉着迷藏。导游说，当秋色染林之时，这里仿佛有一枝神来之笔，肆意将绛红、桃红、暗紫、碧绿、鹅黄等诸色涂抹在山上，镜海就像一面镜子贪婪地将这些色彩毫不失真地复制到水下来。其倒影无与伦比的美丽，独霸九寨沟。听这么一说，游人莫不为镜海倒影的传神而叹为观止，都觉得这次是来早了，下次再来一定等到秋色正浓之时。

五彩池为九寨沟的又一胜景，在则查洼沟景区。一片葱郁的密林之中，抚开苍枝翠叶，登时显露出一个五色斑斓的池子来，好似瑶池仙女用过的脂粉盒遗落在这里，又好似天界画师不小心撞翻了彩水瓶。池水由近及远依次为纯净无色、浅绿、深绿、湖蓝、深蓝。到了彩池中心位置，水流干脆把各种颜色糅合在一起成渐变过渡色，糅啊糅，这池水便揉成了橙红色，红的那么热烈，那么奔放，秀美极了。最妙的是所有颜色都是透明的，都像在不断幻化着似的。池旁古木老藤丛生，如雄鹰展翅，似猛虎下山，惟妙惟肖，栩栩如生。

我被此景所震撼，频按快门，留景不留人。妻说："你不要再照相了，停下来，静静地看，细细地品，才能咀嚼出水的韵味。"

是啊，还真是这样！九寨沟的水呀，你有时柔静如少女，曼妙轻盈，沉思默想，掩袖藏面，羞羞答答；你有时壮烈如战士，纵身跃幽潭，义无反顾，虽摔得粉身碎骨，毅然无憾。

九寨沟的水啊，你是一首意境悠远的千年史诗，饱含着连诗人都绘不出的诗风词韵；你是唱不完的美丽童谣，嘹亮着纯净无瑕的童音，你更是美神，美得令人眩晕啊，你简直能迷死人！

郊野桃源诗兴浓

去年初夏的第一个双休日，友人突发奇想，要在郊区"租地为园"。觉得我是个有情趣之人，便约我一同前往。

也好，在初夏时节，驱车郊外，开起车来，年轻人一般疯狂；打开车窗，让风儿自由灌注，心胸似穿一样豁然；走下车来，在旷野嫩草间躺一躺，那神情，草地卧羊一样安详。

朋友要租的地是多年不见流水的沙滩，白沙一望无际，倔强的沙蓬和如箭的蒹草一片连着一片，有了这执着、霸道的绿色，才让人知道此处还有地脉存在。

远处，密植的依依杨柳环护着一片桃花林，郁郁葱葱的繁茂之景可以寻见多年来垦荒者的足迹。

望着这从没有见过的自然之景，我和朋友同时"啊"出了声。去那里看看的欲望是不约而同的。

走进这桃林，润湿的泥土味儿混着初生的嫩草香扑面而来。"贪婪地呼吸"与"畅快地吐纳"是首先想到的短语。落英已成明日黄花，全然不见了那簇簇团团桃花傲春的热闹。"落红不是无情物，化作春泥更护花"的联想是自然而来的。

当看到树间草地上的一条小径时，这种情绪才有所化解。这是怎样的一条小径啊！桃园园丁的辛劳全洒落在这条小径上——一条在嫩草上踏出的小路，不知道多长，只看到，弯弯曲曲地延伸到目光尽头。"林花扫更落，径草踏还生。"当年孟浩然也许就是见到这样的情景了吧，要不怎么能有此佳句呢？

走着走着，老农浇灌用的淋沟又给我们增加一趣，淋沟水流潺潺，清澈见底，淙淙有声。也许是从西邻梨园中流过来的，水面上不时漂过几簇干瘪的白花来。

"'时有落花至，远随流水香。'多么美好的祥瑞地啊。"我说。

不走进来不知道这片果林的大，不处于大背景下不知道自己的小。幽静的地方不见一个人，树影斑驳，星星点点。"芳树无人花自落，桃园一路鸟空啼。"不见了城市里的喧嚣和浮躁，反倒是平生了一颗空落寂寥心。

这是怎样修剪而成的桃树啊！矮矮的、粗壮的泛着脱落皮的树干挑起巨大的树冠。树冠尤其可观，有的没有中心领导干，成杯状形；有的两主枝自然旁逸成开心形；有的三主枝自然伸张成倒伞形，千姿百态，比比皆是。

"一花一世界，一树一菩提"，但在这样缺水缺土的沙地里生长，每棵树都好似在诉说着一个神圣的故事。

钻过一树，忽见有一蓝尖顶小屋，才知道这里也有人烟。不料，来到小屋前还是没有人，只是随意插柳成篱将这院儿和园隔开来，干柴堆成小山，柳絮飘落满院。

"肃肃花絮晚，菲菲红素轻。日长雄鸟雀，春远独柴荆。"不就是这样的情景吗？杜甫《春运》的意境在这里浮现在眼前。

"落尽梨花春又了，满地残阳，翠色和烟老。"花是要掉的，春是要去的，绿色会随着春天的逝去、夏日的到来变得更浓。还有什么感伤的呢？

不知道为什么，儿时背诵的、少年读过的、大学赏析过的名篇名句在这里都一一闪回。我一边背一边给朋友解释着，也不枉我随同的职责，虽然招来了"大儒""文绉绉""书虫"等笑谑，但从朋友畅快的笑声里我着实感到了文学的魅力。

是啊，原来这旷野里也有诗兴的浪漫。

沙海绿洲行

汽车驶出革命圣地延安往北走，依然是千沟万壑的黄土高坡，这高坡经过近几年的治理，虽披挂了些许绿色，依然有些斑斑秃秃。一直到安塞地区，才出现了一些俊山幽谷，但植被也不甚繁茂。厌烦了这平淡之景，游人们大多恹恹欲睡起来。

然而，两个小时不到，忽听有人惊呼。睁开惺忪睡眼，车前一片辽阔。原来车子驶上了沙漠公路，随着枕沙高速路向前的延伸，车子好像一头闯入了沙海。据说这里是腾格里沙漠的边缘地带，千万年的风沙打磨和酝酿，造就了大自然瑰丽绝伦的奇景，天阔地远得令人感慨。小小沙丘连绵着，呈波浪状的展布到视野的尽头，黄、白、绿的色彩呈四方连续荡漾开来，自然而又奔放地舒展到天边。黄的是沙子，黄河水的千万次淘洗与风的千万次抚弄使这里的沙子纯黄无比；白的是黄泛区的地表在经过水淋雨冲后结晶而泛的盐碱；绿的是沙棘，这些与命运顽强抗争，与风沙、干旱、盐碱斗争过的沙棘啊，是这里唯一的，最为顽强的绿色。

我擦了擦眼镜片，贪婪地望着，思考着，全然不知车子已经驶上了黄河大桥。我真的看到沙漠中的黄河了，我惊诧起来，此时正值初春，没有大雨的叨扰，河水如至清至纯的镜子一般，静静地流淌。没有了浑浊，静流的黄河水像嵌在茫茫沙海中的素带银练。昨天还看到壶口瀑布黄水呼啸奔涌之状和一头扎下万丈深渊的宏姿，今天却是这般澄澈柔顺，让人感觉这不是真的黄河。

路旁忽而出现一个高高的牌子，上书"万亩防风固沙林示范区"。白杨树整行整列的、一大片一大片的，可是没有生机勃勃的景象，反而惨烈得很，高高的树木居然枯死70%之多。可见这里的环境是太不适宜植物生长了，什么植物能长在风沙里，长在盐巴里，长在滚烫的黄沙地表呢？我忽然觉得那些成活了的，挑着几点青青绿叶的树是树中英雄了。

车过银川走了不远，忽觉这里好似是海市蜃楼般的江南似的，林木蓊郁，稻田盈绿，苗儿如剪，一派欣欣向荣景象。

转过一个沙丘，只见一弯绿湖出现在眼前，一面飞腾的鸟型钢架上写着"沙湖"两字，这便是闻名世界的沙海绿洲沙湖了。

从车上远远望去，只见湖水如海，无边无际，苇丛若画；柔沙似绸，水绕沙山，沙水一色。沙湖，犹如一颗璀璨的明珠，镶嵌在美丽富饶的宁夏平原上。

下了车，上了船。在画舫之上，忙寻了一扇窗，打开了相机。

拉开取景框，先框住一远景：远处是连绵起伏的贺兰山脉，漫漫沙漠之中孤零零地就这一湖格外显眼。她的独特之处是将江南水乡与大漠风光融为一体。

又拉一近景：碧水、翠苇、飞鸟、游鱼、彩荷等景巧妙结合，构成独具特色的水中盆景。

这沙湖的水充满着盎然绿色。沙海茫茫云烟少，镜湖绿绿水亦悠。这山绿、水绿、芦苇绿，构成一幅绿色的水彩画，人在画中，心神宁静。

沙湖东北面，芦苇成片成丛，一米来高的嫩嫩芦苇，点缀散落在湖面上，像一艘艘绿色的小舟，随波荡漾，令人兴趣盎然。

再次拉近取景框中的景物，忽然发现可特写之景。一渔翁不网鱼，却躲在一湖中小岛的芦苇丛中捡拾鸟蛋，导游说是在收野鸭蛋，他双手捧着两个大大的野鹅蛋，乐呵呵地对着游人笑。来一特写吧，还真没有见过这么乐的呢。

据导游说，那里是湖心岛上的"观鸟台"，这沙湖是鸟的天堂，是候鸟繁衍、栖息的理想之地，在此可观赏到天鹅、中华秋水鸭、海鸥等24科类的鸟。听这么一说，我们建议船家让画舫靠近一些，再靠近一些……

这一靠近我发现了从未见过的奇观：只见水边的苇秆间、芦丛底，岛上的草窠里，大大小小的鸟蛋散布其间。许多鸟妈妈卧在精致的窝里，小眼睛警惕地望着我。有几只鸟仿佛很空闲，卫兵似的在地上蹦来蹦去。有几只漂亮的雄鸟一圈一圈地在领地上飞着，似乎在捍卫，也似在张扬，更像是在炫耀。雌鸟却安安静静地抱窝孵化，无暇领情异性的惠顾。我想，也许再过些日子，毛茸茸的雏鸟就随处咿呀了。到那时，这里更是鸟的乐园了。

导游小姐催促着：更美的还在前面呢！很快，画舫进了船坞。拾级而上，举目而望，只见金沙漫漫，这金沙堆得如此壮美，壮美的不知道用什么词描绘。踏上丘顶，细沙立刻灌满了鞋子，人们纷纷脱鞋，赤脚走在这细细的沙粒上，柔柔的，软软的，骄纵的阳光炙的沙子滚烫滚烫，嘘哈着坚持走了一会，实觉这难以承受的烫是折磨了。有个敦厚的当地人说：你把脚扎深一些就不烫了。果然我把脚伸进沙子下面，才感觉湿湿的、凉凉的，舒服了许多。躺下来，朋友捧沙埋我，嬉笑着，享受着沙的温馨，如依偎在母亲的怀抱一般。侧身瞭望远方，这一望无际的沙漠给人以豪放、博大的感觉。一个驼队，慢悠悠地由远及近，驼铃儿叮叮当当，戴着草帽的赶驼人佝偻着腰背，大声地吆喝着，驼峰间坐着小媳妇似的一位小美人儿。

穿红挂绿的女人们或用纱巾蒙住头，或者撑起了太阳伞，娇嫩的皮肤是禁不住这阳光暴晒的。稍微不注意，风沙和阳光会让你脱掉一层皮。可这净沙酷阳却撩拨出人心的耐力来，好多人玩起了日光浴。

我让身体埋在沙中，闭着眼睛，耳边驼铃声渐渐远去，好似停止在归处；野鸭的叫声悠远而又急切，好像呼唤着远行人；干渴的喉咙似乎阻止了出入的气流，我再也不敢动弹，我的身躯似乎要融成一粒沙了，有种前所未有的迷失感，我忽然惊悚起来，赶忙睁开眼睛。日已偏西，天空有了一些彩色云朵，云朵把她的身影投给了我，我有了被遗落的感觉。于是，猛然站起，抖落一身的惊恐和焦灼，让疲惫随沙流落。悄悄吟诵起王维的"大漠孤烟直，长河落日圆"来。大漠烟不孤啊，这么多的人。日也不落啊，她正红艳。沙漠的迷人之处，可能是艰辛跋涉后的小憩沉思吧。沉思的岂止是人啊，还有那驼铃不闹的骆驼，你看它完成了驮人载客的任务，懒洋洋地反刍着，见我看它，它也看我，我看到它的眸子里没有我，只有那蓝天和沙漠……

落日将西天染成通红，原本燥热的温度降下了一点，好好的天气忽然下起小雨来，绵绵的，太阳伞成了遮雨伞，女人们的伞下挤进了男人们，大家一起笑着往沙丘下走去。

有一对白发童颜的外国老夫妇也是挤在一个小遮阳伞下走着的。我突然有了一个感慨：沙与水原本该是势不相容的，但在这沙湖景区里，一切都浑然天成，人们感叹最多的是沙水相依的奇观，沙围着水，水环着沙，它们如此平和地依偎在一起，仿佛是相守走过千百年的恋人，没有波澜壮阔的激情，一切只在默默无言的守护中，但是他们却是人们心中最美的最为和谐的风景。

啊！沙湖美！

沈从文家的凤凰城

看过了俊美高矗、烟蒸雾绕的张家界山景后，导游说，要让大家换换口味，去沈从文家的边城——凤凰古城一游。

去凤凰古城？我急忙翻开随身携带的地图，却怎么也找不到。从手机网上搜索到沈从文曾经的描述：凤凰，若从一百年前某种较旧一点的地图上寻找，当可有黔北、川东、湘西一处极偏僻的角隅上，发现一个名为"镇竿"的小点，那里同别的小点一样，事实上应当有一个城市，在那城市里，安顿下三五千人口……

沈老的描述可谓充满着神秘，我开始埋怨地图制造商，一百年前的地图还有一小点，一百多年后的地图上却没有明显的标志。

急忙求导游多讲讲，导游讲的是旅游背词，很准确：我们要去的这个凤凰古城，被炒作者蒙上了一层神秘面纱，其实她的得名和凤凰西南酷似展翅而飞的凤凰山有关。其实就是一个浓缩了的苗族、土家族为主的少数民族村寨。

听了介绍，我们便向往着，大巴车在崎岖颠簸的小路上蠕动，四个小时百公里的路程，人们的耐性达到了极限，其渴望一见的程度也随之增大。

转过一个山口，镇竿的地名标志出现在人们的视野，这才感觉到了希望所在。

到凤凰古城时已是夜幕降临，只好入住古城小巷深处的一个小宾馆。安顿好后，导游告诉大家，逛古城夜景也是一个项目。

晚饭过后，走出宾馆，穿过曲折小巷，走上河堤，这个曾被新西兰著名作家路易·艾黎称赞为"中国最美丽的小城"的夜景便展现在眼前。

夜城美丽至极：

沱江江水流光，穿城而过；脚楼楼影倒映，飘忽陆离。

江面上小船悠悠，桨声不断；岸坝上笛声阵阵，婉转悠扬。

江岸霓虹灯闪烁成光河，与江水一起流动着，这不就是南京的秦淮河吗？

城墙下，浅而清的河水缓缓流淌，隐约可以看到柔柔的光波里招摇着褐色的水草，一归家的苗农在撑一支长篙漫溯。家在上游归家且慢，稻在下游，锄禾且速。好一个归家夜景图啊！

援着一道窄窄的浮桥过河，颤颤悠悠，走到河中心，交会的男女挨臂蹭臀，不觉其尴尬，出手帮扶不显亵玩。小心谨慎地过河，游人的心静而纯得如脚下无忧无虑缓流澄澈的水。

夜深了，湘西人家早已紧闭了门窗。"这里是拍摄乌龙山剿匪记的地方，不能太晚"，导游吓唬人们。带着遗憾回宾馆，一夜的辗转琢磨，不知用什么词来写所见所感，思绪如丝无词可措，同屋的张校长也梦中喊"美"。

早晨，揉开睡眼，一晚的小雨使一切变得明晰清新，来不及洗漱，急忙约几个同伴去城内游逛。

早晨的沱江江畔风景清晰，摄入 DV 的是蜿蜒的河道，清冽的河水，桨声舟影，山歌互答。

城内小街更让人唏嘘不止，只见石板小街，古代城楼，明清古院比比皆是。

好一派宁静安详的小城风光。

沿着被游人的鞋磨得锃亮的或红或青的石板路去了沈从文的故居，感慨颇多。一狭窄小院居然孕育了这么伟岸的文人，地因人传不假，人杰地灵是真。文学巨匠沈从文一篇《边城》，将他魂牵梦系的故土描绘得如诗如画，如梦如歌，荡气回肠，也将这座静默深沉的小城推向了全世界，使得这里热闹非凡起来，这难道不是对家乡人民的贡献，对祖国灿烂文化的贡献吗？

一边唏嘘感叹，一边从回龙阁古街穿过，无数条小巷纵横交通，铺满青石板的路把我们带到了一个个迷宫式的神秘地，我们迷路了。好在有手机，才得到了导游的指路，其实啊，我们也真愿意在这里迷着，好静静地欣赏这边城独有的风景。

出了小巷，眼前是热闹的集市，一眼就能看到其生意的兴隆。腊肉、血粑鸡、姜糖等店铺琳琅满目。偶飘出的姜糖甜味，招惹着人们的味觉。我这人喜欢吃糖，虽然自己的血糖有点儿高，但看到"姜糖"两个字，我眼前还是一亮。明亮的玻璃窗中一姜糖制作师头也不抬地展示着精湛的手工工艺——上了姜汁的大大的糖团在他手里上下翻飞，红褐色的丝丝缠绕又缠绕，在不断地揉捏之中，姜糖就有了其至高至纯的韧性和甜味。再稍放片刻，集香、脆、甜、辣为一体，回味无穷，历久弥香的姜糖就出手了。据说有止咳化痰、开胃生津之功效。买吧，买张姜糖，同姓张，有本家的亲切味道呢！让家乡的亲朋们都尝尝，买一箱子，不怕其沉，花掉几个大红票票，不嫌其贵。

提着沉甸甸的甜，回望凤凰古城，总觉得安全而又甜蜜。因为小城不大却有着坚固的城楼和城墙，红砂条石筑砌，充斥着温馨，有军事防御和城市防洪的双重功能。

层次叠叠的飞檐斗拱，琳琅满目的民族工艺品，浓浓的古意古韵，透出千年古城深厚的民族文化底蕴。

哦！美丽的湘西古城——沈从文的《边城》。

吹雾拨云摄影忙

背诵着陶渊明的《桃花源记》我们来到张家界武陵源风景区。

刚到景区门口，远远望去，错落有致的山峰构成了一幅幅巧夺天工的水墨山水画。

春分时节，风动天蓝。山坡春花烂漫，峻峰依红偎翠。

可是，不一会儿，这天子山乍现小儿怪脸儿，云蒸雾绕起来，这怪雾，时而铺天盖地，时而袅袅婷婷。静则薄纱轻抚，如缕如带；动则运天雪涌，如波如浪。

乘坐天下第一梯，直上海拔近 2000 米的山巅，只需一分三四十秒，可谓神速。走过一条平坦的绿色大道，神堂湾便展现在我们眼前。雾雨霏霏中，隐约可见一凹形深谷，好像偌大的圆缸，四面都是刀削雷劈般的绝壁，向下层峦叠嶂，谷底深不可测，好似神秘的天国，又好似绿色的迷宫。据旁人说，可冒险探访。人们就有了近处看一看的动议。导游建议还是不去的好，因为这里是向王天子归天的地方，仅有一条极为险恶的九级天梯可登，而每一级天梯仅仅能容一只脚，有上一级天梯丢一条魂之说。盆底中央是一水潭，绿阴阴的，深不见底。一年四季阴风嗖嗖，雾雨绵绵，烟云缭绕。更为奇怪的是，无论何时，从湾内都隐约传来一阵阵鸣锣击鼓、人喊马嘶之声。听导游说得毛骨悚然，人们打消了冒险探访之意。

还是去空中田园看一看吧，一听这名字就有诗意，人们雀跃着。可是，来到空中田园，倏而浓雾吻眉，白云绕膝，眼前迷茫一片。一切美景皆不见，百般想象也枉然。导游说，需要耐心等一等，也许你闭眼想一想，睁开眼时，眼前就有了美景，就看大家的运气了。于是大家学着导游小姐的做法，平心静气，闭目沉思。果真，忽觉清风拂袖，云雾袭身，仙境如临，便有了青峰鸣翠鸟，山涧响清泉的绝唱。心想，美景一定美不胜收了。果真，我还没睁开眼，就听到拍照的咔嚓声此起彼伏了。睁眼细瞧，一桀骜孤标之峰叠翠如画，峰底有白雾承托，忽忽悠悠飘然在诸峰之间，煞是美妙绝伦，这万年氤氲之景似乎也灵动起来，招摇着俊美俏丽的风姿。

忙调整好相机焦距，想捕捉一景。没成想，刚要按响快门，美景却忽然在雾霭里隐去，留下的还是刚才的迷蒙混沌一片。

导游说，还是看点将台一景吧。随导游来到点将台，只看到在白雾缭绕的深谷里，乱堆着怪石嶙峋的山峰。仿佛端坐着数十人形，细看貌似一戴冠着袍的"皇上"正襟危坐，身旁有宣读圣旨的令官儿，还有弓身而立的大臣，偶有屏息静听的将士。刚按了快门，这些奇景又融在了雾气里。

掌握到了这景色忽来忽去的规律，我于是干脆举着相机，盯着选景框，等着那美景出现。看到眼前山岚裹着云雾扑面而来，我下意识地用手一拨拉，自然地吹出一口气，意识里想吹开云雾再拍摄。没成想，这一招还真管用，雾气果真瞬间随风流去，山景便清晰如洗起来。可以看到，山岚之气托出了高大的古松和偎依圆石绽放的杜鹃。红绿相间地挂在山腰里，煞是好看。

白雾缭绕着花红、松绿、山青，好一幅亦真亦幻的天下奇景。相机留下的是永恒，而景色却成了心中永远的流动。

张家界的山景如影随形，你尽可以想象，想什么是什么。秀峰突起，遥冲蓝天，如倒插之笔的御笔峰；石峰成林的神兵聚会；美妙绝伦的仙女散花；好似骏马昂首振鬃长嘶的武士驯马；身披金甲，肚腹微突，背手而立的将军岩；披甲握箭，浓眉隆起，双眼怒视的天子峰，等等。

去往十里画廊，还能看到采药老人，温馨一家，三女对歌，人源之阳。这巧山造景惟妙惟肖，似乎人间的故事都能用这成形了的岩石诠释出来。

真美啊！祖国的大好河山。

潮涌贝壳堤

贝壳堤位于山东省无棣县北部，渤海西南岸。

我抱着要观赏贝壳化石的心理去贝壳堤参观的。

路尽车停，已是海边。下车缓行，顺着金沙滩，踏着蓝海水，来到贝壳堤前的海滩上。远远望去，只见金光艳艳一长堤，五光十色皆贝壳。不同形态、不同长相的贝壳散落堆积在堤坝上，一堆堆，一片片，绵延到天与海相连的地方。据导游说，这贝壳层厚3～5米，属裸露开敞型，形成于距今2000年左右的全新世晚期。

经得允许，人们蜂拥着踏上贝壳堤，小心翼翼地在一堆堆贝壳间穿行，有的还脱鞋赤足走在沙滩上，去捡拾海水浸泡着的贝壳，这些贝壳新鲜华美，形态各异，有的尖长若牛角状，有的敞开如扇面状，有的如海螺，有的似斧凿似壶盖，使人目不暇接，令人眼花缭乱。不时有稀奇的鸟从头顶盘旋而过，不时有奇怪的鸟声在耳畔萦绕。人们都兴奋地找寻着心中最美的那颗贝壳，找到一个晶莹剔透的，找到一个形态别致的，人们都欢呼雀跃，都欣喜若狂。海滩安静，阳光柔美，合着这贝壳滩生发出来的缕缕奇光，人们尽情地享受着。有的躺在沙滩上静听海水哗哗响；有的涉入浅水，找寻小五彩鱼儿和小寄居蟹，人人乐得是心花怒放。

突然有一个声音传来：涨潮了啊，游客们赶快上岸啊！

起初觉得像是有人在搞恶作剧，海水平静无波，怎么就涨潮了呢？

正犹豫着，只见人们蜂拥着往海滩跑。我也跑过去，这才看到，适才能绕到贝壳堤的那个海滩上，不知什么时候已浸满了海水。泛泡的海水，正一步步包围着柔软平展的海滩。一艘渔船在远处隐隐约约的飘荡着。起风了，海风裹挟着鱼腥味儿扑面而来，沙滩过不去了，浑浊的海水一浪推着一浪滚了过来，洁白的浪花涌上了海堤。

导游大声引导人们从海堤豁口处爬上岸。仰望这海堤，足有三米高，怎么爬啊！这时，忽然有一队人站上了海堤顶，齐刷刷地伸出了援手，人们就被这一双双有力的大手拉着逃上了岸。一位诚惶诚恐的美女，虽然在大手的拉拽下，人起风摧，裙子也被撩起，但她还是不管不顾地脚蹬手刨地上了大堤，人们看到，她的腿上擦出了渗血的浅痕。

继而，海潮随风而至，一波又一波，哗哗而来，瞬时涨至大堤顶部，像要溢出来似的。适才还是那么平静的海面，霎时风起潮涌，变化激荡。

人们站在堤上，沉默着，也许在感喟波涛如怒，也许在感叹潮涨潮落，也许在感叹大自然的伟大。潮水扑面打来，人们惊恐地躲闪着，也许谁也会觉得，在大自然面前人太渺小了。这时，我远远看到，刚才如叶的那艘小舟越来越近，舟头有一渔民背着双手站立着，没有摇橹，只是让它随波逐流。原来，它是被海潮推搡着来的，它像一个大海的精灵从远海而来。快到海边了，小舟偏离了航向，渔民就下到水里推。就这样，小舟离我们越来越近。水浅了，不好掌握了，渔民就跳下深水用预先系好的绳子开始拉牵，纤绳荡荡，船儿悠悠，小渔舟随着纤绳的一起一伏，一点点、一点点地向我们这些游人靠近。

"喂！你辛苦了！"有人招呼着。

"喂！不辛苦，为您服务！"

他的声音合着海水一起拂动着我们的耳鼓，很有目的和力度，听起来是那么有堂音，那么有磁性。

近了，我们发现，渔舟上散落着一堆蹦蹦跳跳的鱼儿，拔叉着几只新鲜的螃蟹。我们知道了，这渔民是卖鱼来了。

真不简单啊，你从海底龙宫出来的吗？你分明就是从人们目之不及的海的深处来的啊！

人们纷纷买鱼，觉得不是在买实际的鱼而是在买一种心情，仿佛能够被什么神灵的庇护似的。

我也买了几条，小心地放进挎包里，然后心安理得地坐在暖暖的海堤上，闭着眼听那海潮涌来退去的声音，感觉心潮共鸣了海潮。

我想，生活中也有平静如水，也有随波逐流，更有暗流涌动。每个人的心海里也有那么多美丽的鱼儿在游动，也有那么多心灵的贝壳在闪光，或有拔叉的螃蟹在横行，更有无数次的潮起潮涌。

心海，心海！人心又何尝不是一方大海啊！

神游响沙湾

第一次见响沙湾，我惊呆了。

黄而纯的沙粒，堆成了连绵不绝的沙丘，直到天的尽头。一望无垠的沙海，呈弯月状横亘在人们面前。高高的沙丘和沙丘间只能通过溜索才能逾越。

但见一沙丘陡坡上，游人速滑而下，轰鸣声不绝于耳，我想，这也许就是闻名世界的"响沙"奇观了。导游证实了我的猜测，还讲了关于响沙湾美丽动人的传说：传说很早以前，这里是一座规模宏大的喇嘛庙，正当千余喇嘛聚众颂经，击鼓吹号时，突然狂风大作，顷刻间，将寺庙整体掩埋在沙漠之中。这声音，便是喇嘛们的魂魄至今仍在诵经、击鼓、吹号……

我觉得传说固然凄美动人，但还是不能揭开"响沙"之迷。

导游不建议玩响沙，一是坡度较大，有翻滚的危险；再就是沙子经过摩擦能产生高温，会有烫伤发生。不去就不去，这里好玩的还有很多：沙漠冲浪车、沙海摩托、高空溜索、沙路驼铃，都很好玩。

乘坐缆车度过一个沙河，一个个高大的沙丘就横亘在了我们面前，金黄色的沙丘一个连一个，直至蓝天边、云朵下，沙脊好似一条条数不清的金黄色的卧龙在天涯云端舞动。

玩沙吧，还是第一次。花 300 元钱，我们便得到了全程游玩的通票。

先是冲浪车。一辆大解放改装的敞篷车，车体改成了船体状，在沙海中奔驰，故名冲浪车，其实是冲沙。车子轰鸣着启动，嗷叫着费力地在沙丘和沙丘间上蹿下跳，闹的是尘沙飞扬，惊心摄魄。有时候觉得车体沿着沙丘直上云霄，游客们惊恐地喊叫起来，但叫声还没有停止，车子又开始急速跌进了深深的沙谷底。这瞬间的一起一伏，让人感觉所有的脏腑都涌到了身体最上方，要通过口腔吐出来似的。

沙海摩托更是刺激，像是赛摩托，许多三轮摩托车一齐出发，在沙海中轰鸣着左突右拐，以极快的速度旋风般地掠过一个又一个沙丘，那种提心吊胆是第一次领略。

溜索就是在两个高高的沙丘之间架设了一条钢丝缆绳，让游客借助坡度自然下滑。导游怕耽误时间，谎说我年龄大了不能玩此项目，我就不信她的话，依然上了吊索，安然无恙，很是好玩儿，但是吊索快到目的地时，突然有了逆风，吊索忽忽悠悠停止了滑动。工作人员只好甩出挂钩，挂着我的溜索绳滑到了目的地，惊险刺激。

最好玩的是沙海骑骆驼。茫茫沙海，弯弯曲曲沙路，望不到尽头的一队，铃儿响叮当。骆驼的尽职尽责，在你和它短暂接触中表现出来。要骑它了，领驼人给它一个示意，它就会意地先跪下一条长长的腿，然后扑通再跪下另一条腿，待你爬上它的驼峰之间，它就缓缓地、稳稳地、吃力地站起来，挺起大大的肚子和背上的你，再稳稳地迈向茫茫沙海，身后登时留下一个个坚实的大脚印。坐在摇曳不定的驼背上，头顶上是蓝天、白云，胯下是黄沙、蹄印，让人有一种神游远方不须归之漂泊空灵感。待翻过一道道沙丘，到了目的地，骆驼先仰头远视，然后照样先跪下一条腿儿，再慢慢全身而跪，等游人拽着驼峰下来，它才缓缓站起来，顾盼着你，眼神里有些许自豪。

在沙海里随意地玩是最惬意不过的事了，坐在沙丘上，双腿前伸，自由下滑。细细的、暖暖的沙粒包裹着你的周身，随着你一起流淌，真真地感觉到身子与大漠的亲密无间。停下来，随意地爬在温暖的沙丘上，你周身暖融融的，据说还能治疗肚子疼和老寒腿呢。

我们看到，一个美丽的女孩儿将自己的恋人埋了在沙中，她一捧一捧地将纯净的黄沙覆盖在男友身上，做得是那样仔细，玩得是那样悠闲，好像要把全部爱的种子埋进去，让她在沙漠里生根发芽。

我们所看到的是沙漠之美，没有看到沙漠之险。

据导游说，当地人一直在和沙漠作斗争，人类治理沙漠的脚步一刻也没有停止过。你们看，那里三年前还是绿油油的呢。随着她的手望去，我们看到一个逐渐沙化了的小山岗。眺望远方，我又看到远处沙海中的一片片绿色。

我想，人类应该在开发沙海旅游的同时，动员人们为改造沙海做点儿什么。

初遇庐山不见山

早就听说庐山集大江、大湖、大山为一体，雄奇险秀，刚柔并济，是江西罕见的壮丽景观。还听说庐山到处是一幅幅"春如梦、夏如滴、秋如醉、冬如玉"的立体天然山水画。所以，我是带着憧憬在初夏时节去往庐山的。

然而，天公不作美，到庐山的那几天，雨天、雾天交替而至，身处大山，成天周身潮湿，满眼迷蒙。庐山七日游，都是雾中行，没有一天能识得庐山面，深觉遗憾。

有一天，旅游大巴在雾蒙蒙的盘山公路上缓缓挪动，转过一个山口，有一个文友说：你看，好一片波平如镜的湖啊。导游笑了：那，哪是湖啊，那是山涧的雾气。人们笑了，我心里却生埋怨，导游为什么要说破呢？

几天里总是云不散雾不去的，游客们兴趣索然，我也懒得写游记小文了，想来也许与我写文的风格有关。常言道"文似观山喜不平"，写观山文也应该有跌宕起伏吧？也应该讲究近景远景的层次吧？然而，在庐山特有的浓雾里，这几乎是体验不到的。

然而，我总能在无趣之中找到有趣。远观不能，可近瞧啊。我坚信庐山历史造就，文化孕育，名人喜爱，世人赞美，一定有其源远流长的人脉。果真通过几天的观览，证实了这一点，它是集文化名山、宗教名山、政治名山于一身的人间圣地。

庐山有众多诗词歌赋的碑楼崖刻。才子佳人逛庐山，诗词歌赋堆满涧。不错的，司马迁《南登庐山》、谢灵运《登庐山绝顶望诸峤》、南朝诗人鲍照《望石门》等，都记载了文人足迹。后来李白、白居易、苏轼、王安石、黄庭坚、陆游、朱熹、康有为、胡适、郭沫若等等1500余位文坛巨匠登临庐山，留下4000余首诗词歌赋，文人足迹遍布庐山的各个好去处。就这一点来说，庐山不能不说是文化宝库。

"借得名山避世哗"，躲藏在大雾中欣赏名人的碑刻楹联岂不是一种幽静悠然的雅趣么？

庐山云雾一景中有苏轼写的"不识庐山真面目，只缘身在此山中"；秀峰马尾瀑一景中有李白写的"飞流直下三千尺，疑是银河落九天"；吕洞宾修仙而居的仙人洞有伟人毛泽东写的"天生一个仙人洞，无限风光在险峰"。看不到山景，由诗情悟山景也是很惬意的。

苍润高逸，秀出东南。隐逸之士，高僧名道，政客名流都把这里当作活动舞台，为庐山带来了浓浓的文化色彩，并使庐山深藏丰厚的文化底蕴。

正如一位新加坡学者所评论的那样："如果说泰山的历史景观是帝王创造的，庐山的历史景观则是文人创造的。"

庐山会议旧址，位于牯岭东谷掷笔峰麓。松柏茂密，溪水潺潺，环境优美。中国共产党八届八中全会，1961年中央工作会议和九届二中全会均在此召开。毛泽东主持了这三次决定国家命运的重要会议。

"美庐"，曾是蒋介石的夏都官邸、主席行辕、第一夫人美居。绿荫笼罩下的"美庐"别墅，为石木结构，主楼为两层，附楼为一层。庭园敞净，主体和谐。

更值得一提的是，这里还有世界25个国家各具风格的庐山别墅群；有胡先骕创建的中国第一个亚热带山地植物园；有李四光"第四纪冰川"学说的创立地。

最值得一拜的还有庐山的宗教文化。其独特性在于"一山藏六教，走遍天下找不到"，在这座云雾缭绕的灵山中，供奉着基督教、天主教、东正教、伊斯兰教四颗熠熠闪亮的文化明珠，它们在庐山生根发芽，茁壮成长，把庐山变成了宗教的荟萃地，神灵的伊甸园。

观赏过这些，去庐山而不见山景，又有什么遗憾呢！

美丽的鄂尔多斯草原

带着"骏马奔驰在美丽草原"的渴望，我来到了辽远而苍茫的河套之地——鄂尔多斯草原。

初来鄂尔多斯草原，想尽情地感觉其灵性和神秘。所以，首先有了尝试骑马的冲动。正好，骑马过草甸，去牧家小院儿吃炒米是一个项目。排队、等候，终于骑上马背，才感觉马蹄踏踏，步子缓了再缓，一点儿也没有飞驰之感。但是，看着身后渐行渐远了的蒙古包，眺望蔓延无涯的草甸，呼吸着新鲜的"青草味儿还有花的香"倒是让人平生了"马儿啊！你慢且走，让我把你看个够"的留恋。远处围栏高丘之上，散养着的牛羊低头啃草，蓝天、白云、绿草包裹着它们，安静而祥和。马蹄过处，忽有高原野兔惊悚而逃，野鸡翠鸟呼啦飞过。完了就归于安静，安静里的张望，似乎又平生了想看到熙攘和涌动欲望。但是，无论你往哪个方向张望，看到的均是绿色蔓延到天的尽头。刚才还兴奋的神经，不免有些醉倦起来。目的地的炒米和奶油茶倒是别有一番风味儿，爱吃几口吃几口，爱喝几杯喝几杯，老大妈热情地招呼着每一个来的远方客人，着实让人领略了草原人的热情和朴实。

清晨，卧在草丛待日出，套了一件又一件夏装，还觉得奇冷无比。匍匐草甸，齐眼平望，满目盈绿，寒冷中也倍感惬意再惬意。待一轮红彤彤的圆月干净地从绿色里娩出时，你会为上天创造的奇迹而高歌，为这博大的生命朝生暮落而狂呼不已。

采一束带露映霞的小紫花嗅一嗅，幽香扑鼻、神清气爽；掐一根野青韭嚼一嚼，辣彻心肺、寒气顿消。

太阳升起来了，阳光普照着万顷草甸。远望，早起的几匹黑马已在自家的围栏里逡巡，被它守护着的是一群蹦跳弄角玩耍的白羊；近瞧，刚孵化出来的蚂蚱敦儿，摇动着还没有成型的秃尾翼，偷偷地爬上了裤脚。

随手扭下一个两头尖尖的小沙果儿，揉捏出里面棉絮状的瓤儿，软绵的敷上脸颊，犹如慈母手的轻抚，有种柔柔的感觉。双手扣住一只鼓眸张望的小青蛙，抚摸着它嫩嫩的胖腿儿，看到它惊恐的眼神儿，心生怜悯忙放生。

傍晚，远处葳蕤之草无力托举坠下的红日，任由她滚落在草窠里。随着风儿吹动绿海，落日就像婴儿的粉脸儿忽隐忽现地与人们捉着迷藏。晚霞拉长了旷野里孤独老牛的影子，影子就在我们的惊愕中慢慢退隐，直至消失殆尽，融进无边的夜幕中。星星布满了草原美丽如盖的穹隆顶，这眨着一个个小眼睛的穹窿盖顶扣住了大地万物，也扣住了我们这些游人好奇的心。远方马儿高声嘶鸣，牧羊犬低声嗥吼，近处还有百虫合鸣，这动听的草原之夜交响曲啊！

一阵风儿掠过，冷了下来，像突然进入冰箱似的，脸上的汗也似乎要瞬间凝出霜来，冷的让人哆嗦……

躲进蒙古包里，扭开电视，沏上奶茶，撮一把草原炒米，香香地嚼着，有如归家之感。要睡了，没有汽车的鸣响，没有人声的喧闹，更没有高音喇叭里发出的刺耳舞曲，草原之夜静得能听到自己的心跳。

自然入睡自然醒，一觉到天亮。怎么没有了往日出门入住旅馆时的辗转反侧？

啊！美丽的草原，宁静温暖的家。

生态园浅秋

刚告别浓荫匝地的夏季，清凉的浅秋便款款走来。

带着爽身舒心的向往来到了农业生态园，她的美让我惊呆了。

曾领略过生态园娇滴滴的春，也欣赏过她热烈似火的夏。但，生态园的浅秋却像极了一个淡妆素裹的孕妇，成熟的韵味掩盖了昔日的娇柔和张扬；个性的气质携着高贵，挽着清爽，和着淡雅缓缓而来。

天高云淡，没有一丝风。

绿色长廊里，无数的瓜果，以各自独有的姿态从高高的廊顶上倒垂下来，在这宜人的阳光里，静静地俯视着前来光顾的城里人。

小孩子们高兴起来了，追逐着、仰望着，搜寻着生态长廊里形态不一的葫芦，他们兴奋地叫着：下来啊，下来啊，葫芦娃！男人们大多喜欢人形彩葫，贪慕她的婉约与清丽，安然无声地享受着她们身形突兀所带来的曼妙心境。那渐变色的滴水葫，好像是为招摇色彩而生的，只见她上白渐变为下红，那红色像要滴下来似的，让穿白色衬衣的游人不由自主地躲着它走。

这就是浅秋生态园的魅力，任哪个地方的风景都望尘莫及。

这四季瓜果飘香，集欣赏美景与享用美食为一身的农业生态园是农技设计者们匠心独运的杰作。

也算顺乎民意啊！满足了温饱，人们开始向往有品质、有品位的健康生活。日益恶化了的居民生存环境有目共睹：喧嚣鼓荡着耳膜，尘埃混乱了呼吸，烦躁匆匆了脚步，工作压力消褪了平和的心境，更少见了静谧和悠然那种自得的享受。于是，向往"回归大自然"休闲、恬静的生活成了人们的必然索求。

在这里，秋果可以一边欣赏、一边采摘、一边食用，其乐无穷；还可以体验种子种植，苗木扦插繁育，蔬菜秧打叉儿等农技。

果树园浅秋更是令人着迷，五百亩的果树园，四周杨树为篱，杨树上有枸杞子藤绕缠，那一串串红黄相间的像玛瑙一样的枸杞子惹人馋涎欲滴。采下几颗来尝尝，甜润爽口。据说有强身健体，滋阴补肾之功效。男人们争相登高曳枝，说是要多采一些回家泡酒。

果园秋果很多，窖藏的过季果子有桃子、杏儿、沙果儿。应季的就更多了，有葡萄、石榴、苹果、山楂、雪梨、冬枣。

命名为"葡海绿波"的葡萄园一景，让人不由得驻足。褐皮信封悬挂在葡萄叶下，小心剪开信封，里面就是一串串一尘不染的玛瑙状葡萄，晶莹剔透，汁满溜圆。采下几颗，也不用洗，带着白霜儿吃了，真是沁人心脾。

冠形整圆的石榴矮树上，红红的果实挂满了枝头。有的红口白牙，有的绿口红牙，大多龇牙咧嘴地冲着你笑。见我们赞赏果之美，果农说，这样的还不好，是没有套袋儿的结果，开了嘴儿就不好运输窖藏了。我们倒是觉得煞是好看。一种软籽石榴叫"红如意"倒是没有开裂，样子不如红口白牙的石榴好看，但籽粒入口绵甜，皮可入药。听说，石榴是富贵、吉祥、真诚、繁荣的象征，女人们大多买几个装入柳编果子篓里，美美地提着。

枣树长得跟树中侏儒似的，树冠上的枝丫，伞状垂挂着一串串的金丝小枣。这些小枣大多半截泛红了，有秩序地挂缀着，压得小树干弯了腰，像是在着意亲吻枣树下那红了脸的西红柿、顶花带刺儿的黄瓜、撅着羊角辫儿的望天椒，还有那笑弯腰了的绿豆角……

浅秋生态园的夜晚充满了神奇：昏黄的灯光下，小虫哼唱，蟋蟀吱吱，夜猫子啼叫。树影婆娑，光怪陆离；秋花低首，着色含羞。坐在小凳子上，观看透过藤架叶隙，照射在地上的月影，个个都是圆的，且大小不等。小孩子问为什么，现场的物理老师回答：这就是典型的小孔成像原理。听了，大人也觉得新鲜稀奇。语文老师干脆把这叫月影。是啊，这大大小小的月影罩满全身，让生态园显得格外的静谧，格外的宜人。微风吹来，树影光影杂糅忽闪，纳凉的游人已经耐不住浅秋夜晚的寒意，躲进蒙古包里品几个小菜儿，酌几杯小酒儿，而后陶醉在微醺的快意里。

在农业观光园里，日光大棚、石榴园、葡萄园、百果园、花卉树木观赏园、农艺体验园、小香猪养殖基地、家禽散养园和餐饮娱乐广场等功能分区规整。

日光大棚区栽种着各种反时令、反季节果树、蔬菜、花卉。这里名目繁多的优种花卉，既可以提供盆花、盆景、种苗，还可以提供园林配置布景的绿色叶类植物，又可以供游人观光欣赏。

农业观光园还是实习、试验的好场所。农艺体验园提供或出租出售简单耕作工具、种苗和肥料等供游人亲自体会农耕劳作的乐趣。可以反季节地"秋天你来播种，冬天你来收获"给了游人"再来一次"的念想。

接待服务区里配套建设了农家风情小院。区内的人造景观，因地制宜地采用相对集约的片区开发模式，最大限度地保留原生态的农田肌理，力求做到各景观与周边场地及自然环境的和谐共处，体现纯农家风味儿独特魅力。

浅秋里的农业观光园里各种植物早已着色分明。这些植物啊！吸收了春夏之精气，昭显了秋之丰韵。就是观光园的围墙，也足够让你看了又看。你看，银杏树一棵挨一棵，三排成墙，黄叶如伞；鬼子姜间杂其间，黄花如葵，一道金黄有层次地长成篱笆围墙。围墙内，是一圈宽度约为三米的朱顶红红花带，与高高的黄色围墙高低相映成趣。

里圈是一周红砖铺地的环园路，一棵棵龙爪槐点缀成圈儿，槐树上，不时挂着一鸟笼，鸟语花香。

这里虽近市区，却无车马之喧；虽是农村，却有城市之便利，哦！感谢生态园，让我真真领略了浅秋之美。

无梁殿前凉粉儿凉

太行山深处有一沟叫西胜沟。西胜沟最美的山峰中有一殿宇叫无梁殿。

气喘吁吁地爬了近10公里的山路，大汗淋漓。攀到一处汨汨流淌的泉眼旁，捧了一捧又一捧山泉水灌了又灌，顿觉神清气爽，才想起旅游广告里介绍过的无梁殿，也许快到了，我想，这著名殿宇也许气势恢宏吧。于是向过来人打听，那人指着山坳里的一间小屋说，那就是。

走近了看，一处狭小的平台上，有一处并不轩昂恢宏的小屋，它高不过两丈，宽不过丈许，外方内圆，面山吞背，脊单檐匀，这难道就是著名的无梁殿么！看殿前的石碑刻，才证实是无梁殿无疑。

观小殿，看碑刻才知，无梁殿之所以这么命名，是它的结构没有一柱一梁，用材没有一钉一木，拱顶只用81块方砖浆砌而成莲花状，不光好看，还相当坚固，自明万历20年建成至今，历时400

多年的风风雨雨，没有一点破损坍塌的迹象。

急忙在手机网搜寻，上面相关词条很多。信息载，无梁殿，是我国建筑史上一大奇迹，虽说全国保存至今的还有三四座，然而像西胜沟这样莲花状造型的无梁殿在国内是独一无二的。

西胜沟无梁殿的名气不只在于建筑艺术，还在于一个具有时代意义的民间传说：

不知哪朝哪代的哪个皇帝，不相信世上有鬼神，认为那些僧人道士全是些好吃懒做之徒，于是下旨七七四十九天不许他们进食：你们不是修炼吗，饿不死才是真本事。还别说，四十九天后还真有饿不死的，谁呀，西胜沟的王道士。皇上说，看来你还真有半仙之体。于是拨重金，派钦差为王道士修庙。

但没成想，这钦差看到那么多真金白银，动了贪念。花了少量的银子修了这么一间耗材不多的无梁殿。建成之后，钦差犯愁了，怎么汇报啊，这殿没一钉一木，怎么花也花不了那么多银子啊。

于是在呈报上，钦差撒谎写道："正殿九九八十一，雕梁画栋映金壁，玉皇大帝用金铸，四大天王铜裹锡，一座宫殿高又大，可容道士八千七。"

皇帝看了呈文，点了点头说："你辛苦了，待择吉日随朕前去观看。"

钦差一听急了，那还不漏了馅。赶紧又编了一套谎话："皇上容禀，西胜沟沟口左面山上有一巨石，人们叫它'斩龙剑'，右面山上有一巨石人们叫它'自来碑'，当地人说那碑能照出人间善恶，还望皇上三思而后行啊！"那时的皇帝号称真龙天子，"斩龙剑"一名犯了"龙"忌，真龙天子是不能前往的；再说那时的皇帝又有几个禁得住这样的碑来照啊！于是再也不敢言前往观看。钦差也就中饱私囊。后说，钦差在撒谎后，得了怪病，是被西胜沟洞真观的葛洪用"药驴草"治好的。钦差于是将那修庙的银子全交给了洞真观。

好一个警醒世人的故事啊。

上山时出了很多汗，这个时候突然觉得又饥又渴起来，忽听一个洪亮的声音："凉粉！凉粉咪！"

一个身材瘦小，但看起来很硬朗的老太太支了一面桌子，桌子上摆了几婉溢满蒜味醋味儿飘着香油香的凉粉儿。我走过去问："大娘，这凉粉多少钱一碗？"

"2元，你要是吃，我再用山泉水给你冲一碗，凉得很哪！"老人笑容可掬，挺着直直的腰板儿说。

看着老人调制凉粉儿，我急忙问"大娘，这凉粉儿是你自己弄上山来的？"

"是啊，你一定不知道，这碗里的都是这山里产的吧？"
我摇摇头。

见我一幅疑惑样儿，老人继续认真说："这凉粉是山里生的山药磨成的粉，没有用药，没有施肥，全是靠天长成的。这大蒜也是不远处的一块儿平地儿长的，这醋是我自己做的，这盐巴也是用山里的盐碱土淋制的小盐，这香油就是前面长的小苗苗，你看，看到了吗，那就是芝麻苗。"

老人说着，将制作好的凉粉端在我面前，慈祥地看着我。

"大娘，你还没有给我筷子呀！"我疑心老大娘是糊涂了，丢三落四的。

"这凉粉儿啊是不用筷子的，端起来喝就成。"

我端起这冰凉的婉喝了一口，凉粉儿滑溜溜地溜进嘴里，觉得清香可口，酸辣适中，爽口嫩滑。真的不用筷子，不到一分钟，我就吞了下去，还觉满口余香，神清气爽。

"再来一碗！"我砸吧着嘴说。

第六辑　游记……沙海绿洲行

老人调制凉粉的当儿，我继续问了老大娘一些事情。得知，她住的小屋是租住的，原是50年以前一个猎户打猎用的屋子，后来成了小队里看山的小屋，租住一年1000元钱，还可以收摘山里的野果而不交采摘税。

听了这些，我问："老大娘，你天天回家不累吗？"

老大娘说，我是不回家的，晚上就一个人住在这里。我望了望周围一个个高耸的山脊，惊讶地问：'你不害怕吗？

老大娘说："我害怕什么，没有野兽，更没有坏人，我一个老太婆怕什么。就是晚上很冷，这大夏天的，山雨山风的时候还需要盖两层棉被呢。"

我感喟老人的凄苦，付款时，我摸了摸兜儿，没有零钱，拿出100元让老人找，我说："老人家，两碗，给你五元吧。"

老人急忙说："不行，多少就多少，我一分也不多要。"

老人摸了摸兜儿："忘了，刚交了租金，我这里没有那么多零钱找你了。"

"那，老大娘，给你10元，你找90有吗？"

老人数了数钱说："没有，就40元了。"

"行，40就40，56元给你了。"

"这可不行，这沟还没有开发时，一天来不了10个人，我就在这里买凉粉，从来没有多收过客人一分钱。这样吧，我不要了，看你这小伙子很好，大娘免费了。"

这难坏了我，给她她不要，钱又找不开，怎么能白吃人家的凉粉儿呢？我心想，等一等吧，也许有游人来，让他们帮忙找零钱，没成想，等了一个多小时，没有来一个人。天色逐渐暗下来，我慌了，我害怕开车走夜路，而且是山路，第一次开车进山，这山路还不熟悉。

老人似乎看出了我的焦虑，说："孩子，走吧，大娘不是说不要钱了吗？"

我不好意思地站起来，在无梁殿前来回踱步，我突然看到店里有一个善款捐款箱。

于是我问："大娘，这善款箱是你看管的吧，善款干什么用呢？"

"是我看管的，但是小队里一年才开一次，钱用在修山路上。"

"好，那我捐款了。"我说完，将100元钱塞在捐款箱里。

见我走远，老大娘喊着说："小伙子，你是善人，还来啊！"

我应答着急忙往下走。

这时，山风习习，松涛阵阵。俯瞰远方，在那翠绿之中，一条明亮的小溪，蜿蜒东去，飘带似的。

沿着山路下山，踩着溢出的溪水，我脚步轻快了许多。

太行山中的山啊，我还会来的，再来的时候，我一定带上足够的零用钱，多吃几碗大娘制作的凉粉儿。无梁殿前的凉粉凉啊。你一定还是那么清爽可口，老大娘啊，你一定还是那么身体硬朗！

美哉！华山

去年暑假里，完成了一桩夙愿，携妻带子游华山。

头一天下午，我们就从西安匆匆赶往华山。因为，据说晚上登山不怕其险，而且还可以赶上早晨看日出。

我是坚持白天登华山的，因为"无限风光在险峰"嘛。不见险不叫登山。妻儿坚信晚上登华山好。一人拗不过二人，晚上就晚上。可是，不巧，来到华山脚下却是细雨迷蒙，敦厚的山里人劝阻我们：雨夜登山危险，不如住一宿，明早再做打算。妻与儿眼望奇峰连连，却望山兴叹。我只道天公不作美，只好作罢，入住索道宾馆。晚上，徒步宾馆四周路，突觉凉风习习，酷夏如晚秋。

第二天，天刚麻麻亮，我们就在山口处排队，赶上了第一班进山专线车。专线车在绵延回环的盘山路上爬了十几里，方见绝壁兀现，奇峰连连。汽车戛然停止，司机师傅说："到了，上山乘索道，下山过'智取华山道'是最好的登山方案。"

咯咯吱吱索道，飘飘悠悠入山巅。但见战战兢兢的妻儿，只用双手遮眼。全不管耳畔松涛阵阵，身旁雾霭团团。

下了索道，已来北峰，这里松影婆娑，山路绵延，山阶串串。走在树荫下，却只见树与路，不见了山与峰，又何谈其险？正埋怨间，眼前突兀一峰，桀骜孤标，险峻突出。儿兴趣盎然，手一指说："上那险峰！"我俩欣然同意。虽年过四十，锐气不减。顽强攀登到峰顶，但见此峰四面悬绝，上冠景云，下通地脉，巍然独秀。据说，华阴解放时，国民党一个姓韩的旅长逃来此处，想借天险固守顽抗。他们顾前不顾后，没想到解放军在其后面的悬崖处攀岩而上，将敌人一举歼灭。打破了"华山自古一条路"的传说。

站在这有教育意义的峰顶远望，山气升腾，一阵阵，一缕缕，一团团，一片片。不见了来时的山路，不见了山下的小屋。脚下浓雾托着山峰，发梢眉尖滴下水滴。没有了城市里的喧闹，没有了尘埃，周身裹着清新之气，我们登时陶醉在贪婪的呼吸里。

来了一位担山工，宏大的嗓门喊了起来：喂！小伙子！更美的还在前头哪！

我们还没有来得及说声"谢谢"，那位担山工已经唱着小调，颠颠悠悠地转过山口，不见了。

向南遥望蓝天的穹窿之顶，我们看到了南峰的全貌。听说这里有条通天路，我们加快了登山的脚步。转过一个山嘴儿，倏然见一条刃形山脊，呈苍黑色，势若游龙。导游说，这条通天路名叫苍龙岭，为"韩退之投书处"。儿听导游这么一说，来了兴致，追着导游问是怎么回事，导游于是说："唐朝大散文家韩愈攀爬至此畏险，不敢往前，不敢退后，大哭后投下求助书信。华阴县令得报后，才派人解救他下的山。"真有这么险吗？等我们攀上这"苍龙岭"才感觉那简直是险到了极致。这哪是路啊，远远看去，也就像是搭在两山间的一座独木桥。独木桥长约百余米，宽不足三尺，中突旁收，山石光亮可鉴。西临一条雾蒙蒙的深涧，东临刀峰丛丛的峡谷。我想，妻和儿一定和我一样，在打着冷战。但我们还是相互鼓励着走上去，这才感觉，这苍龙岭前不见坦途，后不见来路。走在上面身子颤颤巍巍，心旌神摇，晕乎的如游魂野魄、如置身云端，惊险异常。偶见有铁索从雾气中延伸出来，像抓住了救命稻草，缘索猫行。又好似登上运动场上的平衡木，不敢远望，不敢呼吸，不敢说话，甚至不敢思索……人世间一切杂念都抛却了脑后，专心致志于一件事情——那就是向前。

好不容易过了这苍龙岭，刚呼出一口仙气，前面又是一峰，这便是称为"落雁"的南峰了。古人尊称它是"华山元首"。登上南峰绝顶，顿感天近咫尺，星斗可摘，忽有"不敢高声语，恐惊天上人"之感。才觉得这里是找"诗"的佳境。刚到山巅，一阵风过，云开雾散，开朗豁然。举目环视，目尽处，见群山起伏，苍苍莽莽。漠漠平原如帛如绵，尽收眼底。据说，天气好时还能望见渭水河道。使人真正领略华山高峻雄伟的博大气势，享受如临天界，如履浮云的神奇情趣。

俯首望去，山上迎客松频频招手；侧耳细听，松间鸟鸣婉转悠扬。山峰间，一缕仙山之气裹着松柏香而来，忽隐忽现、自由飘洒，忽又飘带似的幻化于峰峦松海，穿亭绕榭，冉冉不绝。好一个"半山居雾若带然"，原来古人所写诗境真有实景啊！

导游说，前头还有"劈山救母""长空栈道""鹞子翻身"等许多许多的景点呢。我们一致认为，这山峰再多也该坚持攀越，这山峰再虚无缥缈也要亲临。

但是，攀过了一个山头，顿觉山路漫漫，口渴难言。仔细探望，前方赫然一"免费饮水处"招牌在，不觉欣喜若狂。

免费饮水摊前，小姑娘绽开笑靥迎接八方游客，走过去灌一碗凉茶，道一声谢谢，打开照相机对准小姑娘，拍下这山，这水，这人。细心的妻子买了小姑娘两节电池后，询问小姑娘的通信地址，说"我们也是免费照相"并"免费邮寄"。

在小姑娘甜甜的回谢声中，我们又往上走了。不知怎的，我、妻、儿同时哼起了小曲儿。那种惬意，那种幸福，那种感慨，无法用语言来表达。年逾不惑的我懂得了什么叫回归自然，什么叫天伦之乐。

一口气翻过了道道山梁，座座山峰，直上直下的"长空栈道"不可怕，惊险绝伦的"鹞子翻身"何所惧，一整天重复着上山峰、下山峰，都是那么孜孜不倦、兴致盎然。

站在山巅，我们高声喊，远山学舌；处于山涧，我们唱，山壁对歌。回音袅袅，连绵不断。回到山麓，我们再回眸，不觉喊一声：

美哉！华山！

惊诧周庄游

很早就听说过周庄，先是从诗词，然后是传说，再就是朋友的介绍。去周庄看看的向往是与日俱增的。这次乘兴而来，果不其然，周庄诸景，那简直可以用"惊诧"一词来描述。

"居家皆枕河，串门舟上过。家女忙刺绣，家男忙撑舵。"这就是周庄。

周庄古镇水巷条条，静水盈盈；廊桥座座，风景奇崛；深宅大院，重脊高檐；埠里碑坊，比比皆是；过街骑楼，仙境俨然；穿竹石栏，古朴幽静；绣女巧匠，当街献艺，是江南典型的小桥流水人家。

细细品读周庄，最让人惊诧不已的就是这水、桥、厅、人。

惊诧周庄的水。

周庄被誉为"中国第一水乡"，名副其实。这里的小河水，水声淙淙，水流潺潺，绿波荡漾，源远流长。有时穿堂绕榭，有时放荡于野；年年小河水盈盈，天天轻舟桨工忙。依河筑小屋，白墙黑瓦；深宅大院，雕梁画栋。虽经千年，依旧风姿绰约。

坐在小船上，轻舟过"水巷"很是诗意。置身其间，如果不是游客的熙攘，真让人疑心来到了瑶池仙境。周庄的河水丰富，水源地可以用星罗棋布来形容。澄湖、白蚬湖、淀山湖、南湖等湖泊星座一样分散在周围，四条主河道呈"井"字型排列，和大大小小的河流交错分布，若棋盘状。还有更为神奇的，如果你游兴尚浓，攀上高远眺，你就会发现，偌大的一片水域飘着的那片四周卷起稍显棱角的荷叶状建筑物就是这周庄小镇。再仔细瞧瞧，一座座朱门厅屋又成了点缀其间的产子莲蓬。"水乡泽国"的天然神韵之姿态尽收眼底。

惊诧周庄的桥。

周庄的小桥，蕴满古意，朴素而又实用；变化多姿，耐人寻味而又让人流连忘返。小小周庄，竟有14座石桥，分别建于元、明、清三代。诗韵天成的贞丰桥，桥楼一体的富安桥，联袂而筑的双桥，双龙缠绕的青龙桥，这些虽是小型石拱桥，却造型奇特，精彩纷呈，各显特色。

游人大多站立桥头观景留影，留影的人想留桥景，反而成了别人镜头里的一景。没有办法啊，游人太多了，你没有办法，也没有权利让别人闪开。真真应了哪句"站在桥上看风景，看风景的人看你"。

惊诧周庄的厅。

周庄的魅力还在于她的文化蕴涵，我对沈厅、张厅印象很深，这两厅具有很高的历史文化和观赏价值。众古迹中，我驻足最久的当属沈厅；感慨颇多的当属张厅。

沈厅的原主人是商界奇才沈万三，布衣起家，凭着聪明才智和顽强毅力，攒下亿万家财，富可敌国。终因树大招风，财多招忌，竟因一句"我为皇帝犒赏三军"，惹得皇帝醋意大发，龙颜大怒。他的全部家私被罚没一空，举家充军云南边陲。最为难得的是，在经历了如此惨烈的变故之后，沈万三居然能够东山再起，靠的是他的智慧。云南荒凉之地，他收集特产，远涉重洋，交流物资，把边陲流放之地的外贸商业闹得风生水起。

　　沈厅是周庄最大的民居建筑，七进五门楼，庭院深深，迴廊曲折。大小一百多间房屋。整个厅堂是典型的"前厅后堂"的建筑格局，气宇轩昂，器皿玲珑，布置精当。坐在沈家古朴的正堂长椅上，瞬时，一种厚重的文化气息浸润全身；恍惚间，一种阔绰显贵的情绪油然而生。仰头观赏沈厅正堂所挂的一帧对联，更让人沉吟良多：

　　古今来色色形形无非是戏
　　天地间奇奇怪怪何必当真

　　是啊，正是有了这种超然脱俗的气度，沈万三才在荒蛮之地东山再起，才在龙虎之地游刃有余，敢作敢为，兴财耀祖。

　　"沈厅"的厨房，居然还有排烟设施。导游讲的"万三蹄"典故让我捧腹不已：一次周庄巨富沈万三请朱元璋吃饭，上了一道沈家人最爱吃的红烧猪蹄。朱帝一见色变："这是什么菜？！"沈万三急中生智，用手使劲地拍着自己的大腿说："启禀陛下，这叫'万三蹄'。"是啊，说猪（朱）蹄会招来不尊之罪啊！

　　游者无不拍手言笑，也许是笑昏庸的皇帝，也许笑臣子的奴才相，也许是为了万三的聪慧而笑。中午吃饭时，有人特意品尝了当年权力皇帝朱元璋和财富皇帝沈万三曾吃过的"万三蹄"，说是好吃。我对此是不感兴趣的，一来这是高脂食品，再就是觉得不如我们家乡的"东坡肉"好吃。

张厅是周庄镇仅存的少量明代建筑之一，作为殷富人家的宅第，张厅历经五百多年沧桑，但气派依旧，风采依然。走过沿街的门厅，面前是一个天井，红花匝地，绿意盎然。两侧是低矮的厢房楼，砖雕门楼，石柱坚实稳固，雕饰细腻精良。大厅轩敞明亮，一抱粗的庭柱下是罕见的、带有明代建筑明显标志的木鼓墩。明式红木家具合理地布置在厅堂内，张灯结彩，迎送宾客。正堂墙上字画两边的一副对联尤其引人注目，上联是"轿从门前进"，下联是"船自家中过"。仔细琢磨，对联十分贴切地写出了张厅的建筑特色和人员来往程式。

大厅的后院花木扶疏，春色如画，一条清澈的小河奇妙地贴着墙根流来，又穿越水阁而去，仿佛故事高潮处突然有一出人意料的神来伏笔，引人遐思。河底静泊着一艘小舟，舟上有一完石，舟吃水较深，似乎承载着满舟的陈年往事。

这里还有一个闲静素洁的小花园，四周被高檐黛瓦的民居围拥着。院里似乎是过去的私塾，有字画作品和私塾简介铜制展牌，勾勒出一派书香之气。这里营造了读书雅景，高高的风火墙下，翠竹摇曳，月季吐艳，书带草点缀着曲径。一柱太湖石玲珑剔透，洁白如雪，高峰处有一仿恋，状如飞燕，格外养眼，称为玉燕峰。这一定是当年张家才子佳人读书赏月、吟诗作画的地方。

人们说沈家是靠做买卖发财的，张家是靠读书发财的。

"轿从门前进，船自家中过"的张厅，袒露的是最具体的现实，连同一份安谧温馨的水镇情趣。它唤醒了游客的儒学之情和怀旧意识。于是，感慨、诧异和歆慕，种种难以诉说的心绪都包含在旅人的情怀里。

惊诧周庄的人。沿街店铺招牌鳞次栉比，店内货物琳琅满目。精明的周庄人，忙不迭地招徕客人，你不理他也没有关系，因为你的后面人多的是。很多商家忙的是一手递着货物，一手接着钞票，心中热情洋溢，脸上却平静如水。他们也许习惯了这种挣钱的生活。几乎所有临街的房屋都是店面，所有的周庄人都在做着生意。

我觉得最惹眼的是江南刺绣，美丽的江南绣女当街献艺。只见她飞针走线，纤手云丝舞动非凡，不一会儿，潺潺流水中的一只鸳鸯头儿显现在绣女的手下，鸟儿对歌的姿态惟妙惟肖。买，一定要买一幅，我不由自主地说。绣女停了手中的活儿看了看我说：大哥！买一幅《红顶当头》吧？顺着她的手望去——小河弯弯而来，河两岸层林尽染，万叶红透，好一幅江南枫叶图。挂在床头，岂不是红顶当头了吗？商家也真会起名。于是下了决心，没有讨价还价就买了下来。总觉得，买的不只是一幅画，还有一种意识，更是一种心情，还有那永久的记忆。

古镇周庄"庄龄"九百余年，堪称千年商业老庄。导游告诉我们，周庄每日接待四方来客约三万人次，光票房收入就在三百万以上，还不包括小门票，如果再加上购物、餐饮等消费，年收入将是可观的天文数字。听者无不咋舌。

啊！周庄！

河上跨着小桥，桥下流着绿水，绿水绕着人家，人家做着买卖。这是现代意义上的小桥、流水、人家。这种相映成趣，浑然天成的地理位置，让勤劳智慧的周庄人富甲一方，让游人一睹江南小镇的风采，大饱眼福。

离了周庄，旖旎的水乡风光，特有的廊桥景观，传统的厅堂建筑格局，淳朴的民间风情，以及现代社会赋予的浓重的商业氛围，仍然历历在目。

周庄真美！等有时间我还来看您！

东风着意小桃枝

今年，我见到了真桃花。

说来丢人，去年就听说顺平有桃花节，于是选了四月里的一天，开车去看花。

车进顺平，我们就在一位牧童指引下，沿着一条平坦宽敞的柏油路往北行驶。走了不到 10 分钟，过了一缓缓流淌的人工渠，果然见	花红柳绿之地，粉花簇簇，鸟语花香。将车开到"桃花"林深处，掬一捧花瓣让她重新飞起，尽情玩赏，开心至极。回家后，还写了一篇散文，题名为《山坳里，好大一片桃花》。

今年又去看桃花，敦厚的山里老人却将我们带到了另一个去处，过顺平城往西——这里才是桃花节的主会场，我怀疑去年所去之地，错了？

来到桃花坳，当我和果农提及城北那片桃花林也很美时，果农却笑了，说，那哪是桃花坳啊，那是杏花村。

我才想起去年看的花不如今年的红艳，原来是杏花耶。

妻子埋怨、嘲笑、奚落着：看桃花，看桃花，误把杏花当桃花，我家有个大傻瓜。

对于妻子的戏谑我很知羞。我于是给她背诗，以弥补我的过失："草色青青柳色黄，桃花历乱李花香。东风不为吹愁去，春日偏能惹恨长。"背诵完了，问妻子：不知道这是谁的诗吧？此乃贾至的《春思二首》，你看他诗中还说"桃花历乱李花香"呢，也就是说：桃花和李花也很相像，历来就容易闹乱，何况这一粉一红的杏花、桃花呢。

懂文学的妻子笑了，说："能这么解释吗？亏你还是签约作家。你还不如咱们楼下上幼儿园的小兰兰呢，她成天喊'杏花香，桃花香，浅粉深红，斗新妆'，看人家还知道杏花粉红，桃花深红争奇斗艳呢。"原来妻子懂得，李花不是梨花。

正说着，忽见山坳里好大一片桃花林，两边是伟岸的大山，中间是火红的桃花，一片一片的。羊肠小路纵横其间，枝蔓蓊郁，落花匝地。想起宋朝？韩元吉有几句诗还是很匹配这风景的："东风着意，先上小桃枝。红粉腻，娇如醉，倚朱扉。"你看，东风特别关照了小桃树，先吹开了枝头的桃花。那美丽的花朵不就像少女抹上了细腻的脂粉，不就像美人醉酒，娇态可掬，斜倚朱门而望吗？

可是，花若美女身若翁妪，这桃花林均为老林，有的枝丫茂密，花满蜂聚。有的树竿矮粗，虬枝盘曲，苍老如古董般的桃枝上挑着几朵灿烂之花。攀上树杈，玉树临风，拍一张"桃花运"风景照吧，惬意再惬意，无论怎么折腾，没有人干涉。桃林阡陌缓缓行，望不尽的桃源美景，累了，打开自带的给养袋，水果，干果，矿泉水一应俱全。觅一处田埂，铺一捧落花，坐下来小憩，边吃喝，边赏花，边背诗，很是有遁入桃花源的幽静闲适感。

这静思之地让我有了诗兴：

花自无言偷入怀，鸟占枝头啄蕾开。

脸抚山麓小桃风，林间窃窃正催眠。

妻子也不甘示弱，即刻对诗，不失时机地对我给以警醒：

君子非是当年勇，不要惹他肆情起。

虽是花巷幽幽地，还有管家娇娇妻。

我两同时笑起，惊飞了一对在头顶桃枝上闲栖的翠鸟。

"桃花一簇开无主，可爱深红映浅红"，穷困潦倒的文人杜甫，还有着桃花之浪漫情愫呢，何况我们这些不愁吃不愁穿的当代骚人呢。可惜我们还是来晚了，这桃花花瓣在微风之下簌簌而落，飘得沟沟坎坎一簇一簇的。

一风呼呼过，满铺桃花毯。千娇百媚身，遍地花冢联。

枝头白鸟啼，衔携坠纷然。蕊随人面去，花魂祭来年。

这便应了唐朝李贺《将进酒》中的诗句："况是青春日将暮，桃花乱落如红雨。"

越老越红的姿态，垂暮之花也活得别有一番滋味。

果农说，桃花初绽时为浅粉色，盛开时才为深红色，愈绽愈红。怪不得宋代李弥逊曾说："小桃初破两三花，深浅散余霞。"人家是说小桃枝卜虽然才有三三两两的花朵破蕊初绽，但花色有的深，有的浅，仿佛天边绚丽的彩霞散落到人间。说得真是好极了。

游人虽多，但桃林无边，两两成对，三五成群，各找各的赏花处。花有花语，人各有情。我今天的赏花，总觉有点尴尬，因为我不懂桃花，也真是的，古文人之所以有写桃花的名句，是因为他们会做生活的有心人，还得益于悉心观察，而我却不辨杏花与桃花，我岂不成了可笑之人。站上山头，我对着花海大笑，笑破苍天懵懂事，小看天下懵懂人。